の孫
12
合縁奇縁な仲間たち
JN088400

シルバー
シシリー＝ウォルフォード

シン=ウォルフォード
「シン君、
おはようございます」
「ぱぱ！」
「おはようシルバー、
ママのごはんおいしいか？」
シュトロームたちとの戦闘。
そのあとに、こんな穏やかな日常が
送れるようになった。
そのことに感慨深い思いを抱きつつ、
俺は自分でスプーンを持ってごはんを
食べているシルバーを見つめた。

「将来、こちら側の国々と商売をしたいと思っていたのです」
少女は笑みを浮かべて説明してくれた。
ミン＝シャオリン

「凄いですね」

俺が感心しながらそう言うと、
リーファンと名乗った男性が自慢げに話し始めた。

「当然だ。シャオリンお嬢様は
優秀なのだから」

「へぇ……ん？」

確かに優秀そうだなと思っていたけど、
その言葉にちょっと引っかかった。

「シャオリンお嬢様？　え？

ミンお嬢様じゃなくて？」

「ミンは家名です。

シャオリンの方が名前なんですよ」

「ああ、家名が前なんだ」

「はい」

ずっと交流がなかっただけあって
文化的なことも随分違うらしい。

リーファン
グスト=フォン=アールスハイド

マリア=フォン=メッシーナ
「皆さん着きましたよ、クワンロンに」
前方を見てみると、砂漠地帯が終わり、木製と思われる家が点在しているのが見えてきた。

賢者の孫12

合縁奇縁な仲間たち

吉岡 剛

FB
Famitsu Bunko
ファミ通文庫

イラスト／菊池政治

賢者の孫 12

Contents

序章

世界中を混乱に陥《おとしい》れた、二度目の魔人出現。

今回の魔人は、過去に現れアールスハイドを恐怖のどん底に陥れた魔人と違い、一国だけなく世界中に恐怖をまき散らした。

ブルースフィア帝国という強大で巨大な国をあっという間に殲滅《せんめつ》してしまった魔人たちに、世界中の人々は絶望すら感じていた。

次は自分たちの国ではないかと。

実際、帝国を討ち滅ぼした魔人たちは次の目標としてスイード王国に攻め入った。

スイード王国の人間たちは、やはりという思いと、なぜ自分たちの国がという絶望した気分に陥《おちい》った。

だが、スイード王国が魔人たちに蹂躙されようとしていたそのとき、世界に希望の光が差した。

かつて魔人を討伐した、賢者マーリン＝ウォルフォード。

その孫であるシン＝ウォルフォードが仲間を引き連れてスイードに救援に駆け付けたのだ。

瞬《また》く間《ま》に魔人たちを討伐したシンは、その日を境《さかい》に人類の希望となった。

そして、帝国の周辺国、大国であるエルス自由商業連合国、イース神聖国との世界初の連合を組み魔人たちに対抗。

魔人領攻略作戦や、魔人との最終決戦を乗り越え、ついに魔人たち、及び魔人の首魁《しゅかい》オリバー＝シュトロームを討伐した。

人々はこの戦乱を『魔人王戦役《まじんおうせんえき》』と呼び、その戦いに終止符を打ったシンたちアルティメット＝マジシャンズは、文字通り救世の英雄となった。

そして、その魔人王戦役から一年半、シンたちは、訪れた平和を享受《きょうじゅ》していた。

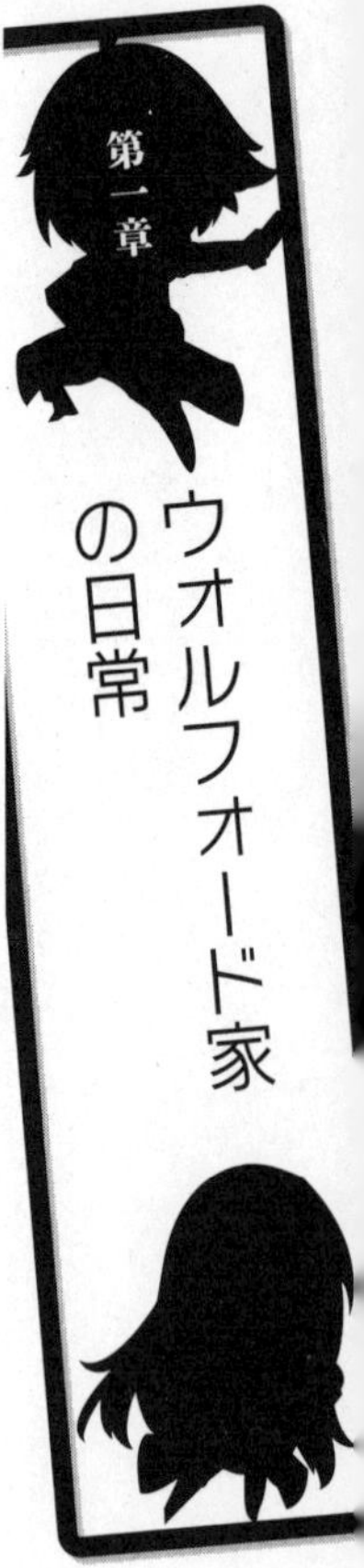

第一章　ウォルフォード家の日常

ある春の日。

朝起きて着替えを済ませリビングに下りてくると、こんな光景が目に入ってきた。

「はい、あーん」

「あーん」

「シルバー、おいしい？」

「おいし！」

「ふふ」

結婚し、俺の奥さんになったシシリーが、魔人であったミリアとシュトロームの子のシルベスター……シルバーに朝ごはんを食べさせている光景だ。

慈愛《じあい》の表情を浮かべ、まるで聖母のようなシシリーと、満面《まんめん》の笑みでごはんを食べているシルバー。

その光景はとても尊く、素晴らしいものに見えた。

その眩しいシーンを感動しながら見ていると、俺の気配に気付いたシシリーがこちらへ振り向いた。

「あ、シン君、おはようございます」

「うん。おはようシシリー」

結婚してからもシシリーが俺を呼ぶときは『シン君』と呼んでいる。

これは、シシリーからの希望である。

結婚しても、ちゃんと俺のことを名前で呼びたいからと、そう言われた。

ただ、それは二人だけのときの話で。

「ぱぱ！」

俺に気付いたシルバーが、元気いっぱいに俺を『パパ』と呼んだ。

「おはようシルバー、ママのごはんおいしいか？」

「あい！」

「そうかそうか、じゃあパパもママのごはんもらおうかな」

「はい。パパのごはんも、すぐに用意しますね」

「うん。ありがとう」

俺の言葉にふんわりと微笑《ほほえ》んだシシリーは、朝食の準備をしに厨房《ちゅうぼう》へと向かった。

そう、俺とシシリーにシルバーが加わると、自然とお互いのことを『パパ』『ママ』

と呼ぶようになった。

あのシュトロームたちとの戦闘。

そのあとに、こんな穏やかな日常が送れるようになった。

そのことに感慨深い思いを抱きつつ、俺はシシリーがいなくなったことで、自分でスプーンを持ってごはんを食べているシルバーを見つめた。

「ああ、ほらシルバー、ごはんが口に付いてる」

「う?」

一人でごはんを食べられるようにはなったが、まだ食べ方が上手ではないシルバーが、口の周りをいっぱい汚していた。

それをタオルで拭ってやる。

「ほら、取れた」

そう言って口からタオルを離すと。

「にひっ」

くすぐったかったのか、口を拭ってもらうという行為が楽しかったのか、シルバーがニパッと笑った。

「か、可愛い……ウチの子可愛い……」

「う?」

「ふふ、もう、シン君たら」

シルバーの可愛さに悶えていると、シシリーが戻ってきた。

シシリーの後ろには、朝食が載ったワゴンを押すメイド長のマリーカさんや他のメイドさんもいる。

彼女たちの手によって朝食の準備が整い、俺とシシリーも朝食をとる。

親子三人で穏《おだ》やかに朝食を食べる。

なんて幸せな時間なんだろうか。

そう思っていると、シシリーがシルバーを見ながら複雑な顔をしていることに気が付いた。

「どうした？　シシリー」

「いえ。最初、本当は不安だったんです。いきなり赤ちゃんを育てることになって、ちゃんと育てられるのかなって」

「……そうだね。俺も正直不安だった」

「でも、お婆様《ばあさま》やマリーカさんたち皆さんの助けもあって、大変でしたけど、やっぱり引き受けて良かったなって思って」

「そっか」

「それに……」

シシリーはそう言うと、一生懸命ごはんを食べているシルバーの頭を優しく撫《な》でた。

「シルバーがとってもいい子で……ミリアさんには申し訳ないのですけど、本当に幸せだなって……」

シシリーはそう言うと、少し悲しそうな顔をした。

「……そっか」

俺は、それしか言えなかった。

シルバーを産んだミリアは、もうこの世にいない。

シシリーはそんなミリアの代わりにシルバーを育て、幸せを感じることに少し罪悪感を抱いている。

確かに、ミリアはシルバーを育てることはできなかった。

けど……。

「大丈夫だよ」

「シン君?」

「ミリアは、シシリーにシルバーのことを託《たく》したんだ。そのシシリーがシルバーを大切に育ててる。きっとミリアも喜んでいるよ」

俺はシシリーにそう言ったあと、シルバーに声をかけた。

「シルバー、ママのこと好きか?」

俺がそう尋ねると、シルバーは満面の笑みで。

「すきー！」

そう答えた。

「そっか」

「シン君……」

「な？　シシリーがシルバーのことを大切にしているのはシルバーにも伝わってるよ。だから、そんなこと気にしなくてもいいって」

「……はい、そうですね」

お、ようやくシシリーに笑顔が戻ったな。

そのとき、俺はついでに聞いてみた。

「パパは？」

するとシルバーは、さっきの質問でテンションが上がっていたのか、今度は両手を上げて答えた。

「すきー！」

スプーンを持ったまま。

勢いよく手を上げるシルバーだったが、手に持ったままのスプーンが皿に当たり、ひっくり返してしまった。

「「ああっ！」」

俺は、咄嗟《とっさ》にシルバーを抱き上げ、シシリーはシルバーにかかったごはんを拭き取る。

テーブルの上はマリーカさんたちが片付けていた。

「大丈夫か、シルバー？」

「怪我《けが》してない？」

俺とシシリーがシルバーにそう尋ねるが、シルバーはごはんをひっくり返したことがショックだったんだろう、みるみる目に涙を浮かべた。

「ううう……にぇえええええ！」

そしてとうとう泣き出してしまった。

「ああ、ほら、よしよし」

「大丈夫だよシルバー、まだあるからね」

「うぇぇぇぇ！」

一度泣き出した子供は中々泣き止まない。

シシリーと二人して困っていると、救世主の声が聞こえた。

「まったく、朝からなにを騒いでるんさね」

「ばあちゃん！」

「お婆様！」

ばあちゃんが現れたことに心底安堵《あんど》する俺たち。

なぜなら……。

「ばあば！」

さっきまで火がついたように泣いていたシルバーがピタリと泣き止み、ばあちゃんに笑みを向けていたから。

結婚したとはいえ、俺とシシリーの立場は学生。

日中は学校に行かなくてはいけない。

結婚したから、子供がいるから、十分な稼《かせ》ぎがあるからといって中退はばあちゃんが許してくれなかった。

……いまだにばあちゃんからは、常識が身に付いたとみなされてないのだ……。

そうなると、シルバーは日中ばあちゃんと爺さんが面倒を見てくれることになる。

圧倒的に、俺たちよりシルバーとふれ合う時間が長い。

そんなわけで、シルバーはすっかりおばあちゃんっ子になってしまったのだ。

「ほれ、おいでシルバー」

「あい！」

「あ！」

ばあちゃんにシルバーを奪い取られションボリしていると、ばあちゃんの後ろから現れた爺さんに声をかけられた。

「ホレ、お前たち、のんびりしておっていいのか？」

「え？」

「あ！」

爺さんの言葉で時計を見る。

ヤバい！　もうこんな時間か！

「今日はお前たちの卒業式じゃろう。卒業生代表が遅刻などしたら大変じゃぞ？」

「アタシたちもあとで行くから、アンタたちは先にお行き」

「うん、分かった。行こうシシリー」

「はい！」

「ホレ、シルバー。パパとママにいってらっしゃいは」

「あいー！」

「ホッホ、可愛いのうシルバーは」

そんなドタバタした朝の今日は、俺たちの卒業式。

ようやく、学生生活が終わる日だ。

「あ、おはよー、シン君、シシリー！」

ゲートで学院の教室に行くと、アリスが挨拶《あいさつ》してきた。

……パジャマ姿で。

「アリスお前……最後の最後まで……」

「え？」

「パジャマ……」

「にゃっ⁉」

アリスはやっぱり気付いてないし、周りも笑いを堪えるだけで注意しない。

はあ、相変わらずだな皆。

「何で誰も言ってくれないのさあっ！」

「当たり前だ馬鹿者。明日から我々は社会人になるのだぞ？　指摘される前に自分で気付け」

「殿下《でんか》の意地悪《いじわる》ぅ〜！」

オーグに説教されたアリスは、涙目になりながらゲートで家に帰った。

俺たちも大分遅かったのに、間に合うんだろうか？

「ところで、二人とも随分《ずいぶん》と遅かったな。どうした？」

「え？　ああ、出掛けにシルバーがグズッちゃってな」

「お婆様に面倒をお願いしていたら遅くなってしまって……」

「そうだったのか。いやはや、子育ては大変だな」

オーグがニヤニヤしながらそう言ってくる。

くそ、コイツめ。

「オーグのとこも、学院を卒業したら子作り始めるんだろ？　大変だぞ～？」

俺とシシリーもそうだけど、オーグとエリーも結婚したとはいえまだ身分は学生。

身重の身体で学院に通うのは大変だし、万が一のこともある。

王太子妃《おうたいしひ》であるエリーは尚更《なおさら》だ。

なので俺たちは、学生でいる間の子作りを禁止されていた。

だが、それも今日で終わり。

つまりオーグたちも子作り解禁というわけだ。

クックック、オーグたちも子育ての大変さを思い知るといい！

そう思ってオーグを挑発したんだけど、オーグは何やら呆《あき》れ顔《がお》だ。

「何を言っているのだお前は。王族が自身で子育てなどするはずがないだろう」

「……え？　あ、そうか」

そういえば、王族とか貴族は子供の面倒を乳母《うば》なんかが見るのか。

「私もできる限り子育てには参加するつもりではいるがな。基本的には乳母や使用人たちが面倒を見る」

「それって……自分たちは可愛がるだけで、面倒なのは使用人任せってことか？」

「人聞きの悪い言い方をするな。そもそも王族は国の最高権力者にして国の象徴だぞ？　国民に育児で疲れた顔を見せるわけにはいくまい」

一瞬、楽そうでいいなあと思った。

けど……。

「うーん……なんだかなあ……」

複雑な感情に支配されている俺の様子を見て、シシリーが苦笑しながら俺の気持ちを代弁してくれた。

「確かに、大変なことも多いですけど、苦労をかけさせられた分、シルバーが嬉しそうに笑ってくれるのを見ると、ああ、頑張って良かったなと思えますからね」

「そうそう、それ！　それも親の醍醐味《だいごみ》だよな！」

子育ては大変だけど、その分達成感が半端《はんぱ》ない。

「そうかあ、オーグはそういう体験ができないのかあ、残念だなあ」

「む」

お、オーグがなんか悔しそうにしてる。

ああ、オーグに勝つと気持ちいいな！

「……まあ、確かにそういった達成感は経験できないかもしれんが、今後のことを考えるとそれでいいかもしれんな」

「あれ？」

あっさり引き下がった？

なんで？

「去年、シルベスタを引き取った後のお前たちは……まるで幽霊のようだったからな……」

引き下がったと思ったら、今度は憐憫の目で見てきた⁉

「あぁ確かにぃ。去年の二人はボロボロだったわねぇ」

「夜泣きが非道《ひど》くて、碌《ろく》に寝られないって言ってましたもんね……」

「「うう……」」

ユーリとオリビアの言うとおり、去年の俺たちはシルバーが夜泣きをする度に起こされ、碌に寝られない日々を送っていた。

今思い出してもゲンナリする体験だったな……。

「でも、シン殿の家にも使用人はいるじゃないですか。養子ですし母乳を与えるわけではないのですから、使用人に任せてもよかったのでは？」

トールの指摘の通り、シルバーはシシリーが産んだ子じゃない。

妊娠していないシシリーからは母乳が出ないので、シルバーは粉ミルクで育った。

……この世界には普通に粉ミルクが存在していたよ。

なので、夜中にシルバーにお乳をあげるのは別にシシリーでなくていいのだが……。

「そんなの駄目です！　私があの子のママなんですから、私がお世話をしないと！」

まあ、そういうわけだ。

シシリーは貴族家の出身だけど、平民であるウォルフォード家に嫁《とつ》いできた。

……まあ、ウチはちょっと特殊なので使用人さんたちがいっぱいいるけど、立場は平民だ。

それに、シルバーはミリアから直接シシリーに託された。

シシリーは、シルバーは自分が責任をもって育てると決意しているんだろう。

だから、最低限のサポートはしてもらうけど、極力自分で面倒を見たいと思っているんだ。

「結局、自分で苦労を背負いこんでいるのではないか。私にはそんなことをしている暇はない……いや、なくなるだろう」

「なくなるだろう……って、なんだよその予測」

俺がそう言うと、オーグは俺をジト目で見てきた。

「な、なに？」

「これから、お前たちの起こす騒動を考えると……今から頭が痛くなるな」

「なんだよ？　俺たちが起こす騒動って」

俺の言葉に、オーグはとても深い溜《た》め息《いき》を吐いた。

「アルティメット・マジシャンズは、これから組織になる」

「そんなこと分かってるよ」

「今までは学生という身分を考慮して、緊急時以外は依頼を受けてこなかった」

「ああ」

「だが、学生という身分がなくなり、組織として活動を始めるとそうはいかない」

「だから、それがどうしたって……」

「舞い込む依頼を解決するにあたって、個別に人員を派遣することも増えてくるだろう」

おい……。

それって……。

「まあ、概《おおむ》ね問題はないのだが……」

「だっはー！　間に合ったあ!!」

オーグの言葉の途中で、アリスがゲートから飛び出してきた。

よほど急いで着替えたのだろう、服がヨレヨレだ。

「タイがずれてる」

「あ、リン、ありがとー」

オーグは、服を直しているアリスとリンの方を見ながら言った。

「お前と、コーナーとヒューズが心配だ……」

「やっぱりか！　俺だってちゃんとやるわ！」

「殿下、それは非道い。ウォルフォード君とアリスはともかく、私は問題ない」

俺とリンはオーグに対して抗議した。

だが……。

「信用できるか！　今までの所業《しょぎょう》を思い返してみろ！」

オーグに思い切り怒られてしまった。

まさかと思い周囲を見てみるが、皆苦笑していた。

マジか……。

そこまで信用なかったなんて……。

落ち込む俺とリン。

苦笑する皆。

そして。

「ほえ？　なに？」

話の流れを知らないアリスだけ、不思議そうな顔をしていた。

くっそう……。

「ったく、お前たちは……」

教室で騒いでいると。珍しくキッチリと服を着たアルフレッド先生が入ってきた。

入ってくるなり、相も変わらず騒いでいる俺たちを見て溜め息を吐いている。

「英雄だなんだと持ち上げられていても、まだまだ子供だな。そんなことでこれから先大丈夫なのか？」

「大丈夫ですよ先生。私がシンたちの手綱《たづな》を握りますから」

「まあ、殿下がそう仰るなら大丈夫……か？」

うーん、さすがに三年間俺たちの担任をしてきたアルフレッド先生だけあって、俺たちへの信頼感が薄い。

アルフレッド先生には、散々迷惑をかけてきたからなあ……。

「ところで、先生が来たってことは、もう時間ですか？」

「おう、そうだ。そろそろ講堂に行くぞ」

こうして俺たちは、卒業式に臨《のぞ》んだ。

これが、俺の人生を変えた魔法学院での最後のイベントだ。

Cクラスから順番に入場していくと、講堂に集まっている在校生や保護者、来賓《らいひん》の拍手で迎えられた。

そして最後に俺たちSクラスが入場すると、拍手は一段と大きくなった。

歓声《かんせい》もあがっている。

もうこういう扱いにも慣れたのか、皆も特に照れるでもなく平然としている。

そんな中で保護者席にチラリと視線をやると、爺さんとばあちゃんがシルバーを抱えて座っているのが見えた。

シルバーは、入場してきた俺とシシリーに気付き、こちらに向かって一生懸命に手を振っている。

はあ……一生懸命に手を振っているシルバー可愛い……。

その可愛らしい仕草に、自分でも分かるくらいデレッとした笑顔になりシルバーに手を振る。

ふと見ると、シシリーも俺と同じようにデレデレした顔をしながらシルバーに手を振っている。

そうだよな。

やっぱ、うちの子はサイキョーに可愛いよな！

「ちょっとアンタたち、顔が気持ち悪いわよ？」

「サラッと非道いこと言うな⁉」

「き、気持ち悪い⁉」

シルバーの可愛い仕草を堪能していると、マリアから非常に心外な指摘を受けた。

非道いことを言うマリアに俺とシシリーが抗議の声をあげるが、マリアは無視して俺たちの視線の先を追った。

「一体何見て……ああ、シルバーね」

「うわっ！　一生懸命手ぇ振ってる！　チョー可愛い！」

マリアと同じように、シルバーの姿を見つけたアリスが、その可愛い仕草《しぐさ》に歓声をあげる。

「ですよね⁉　可愛いですよね⁉」

シルバーを褒《ほ》められたシシリーは、とても嬉しそうだ。

「いつも遊んでくれてるお兄ちゃんやお姉ちゃんが勢揃《せいぞろ》いしてるから、シルバーのテンションも爆上げだな」

ばあちゃんの膝《ひざ》の上に座っているシルバーは、今にもばあちゃんの腕を振りほどいてこちらに走ってきそうなほどテンションが上がっている。

その姿を見て、皆もデレッとした顔をしている。

そんな俺たちに、オーグがとんでもないことを言った。

「お兄ちゃんにお姉ちゃんか……友人の子供なのだから、そこはおじさんとおばさんじゃないのか？」

その言葉に、女性陣がクワッと目を見開いた。

「殿下！　十八歳の乙女《おとめ》に向かって、なんてことを‼」

「そうですよぉ！」

「おばさんって言わないでください!!」

「いくらなんでも非道い」

抗議したのは、マリア、ユーリ、アリス、リンだ。

シシリーとオリビア、それと男性陣は抗議に加わっていない。

なぜなら……。

「私はママですから」

「あはは。確かに、私の子供とシルバーちゃんが友達になったら私はおばさんですね」

「オ、オリビア……」

シシリーはシルバーのママだし、オリビアはビーン工房のために跡継ぎを産むことを期待されているので、この卒業式が終わったらマークと結婚することになっている。

「確かに、子供の友達からはおじさんと呼ばれるよねぇ」

「まあ、それが自然なことでしょうからね」

「トールの場合は、おばさんと呼ばれないように気を付けるで御座る」

「なっ!?　そんなこと、呼ばれるはずがないでしょう!?」

トニー、トール、ユリウスも、この卒業式が終われば結婚する予定だ。

つまり、抗議の声をあげたのは、相手のいない……。

「シン……アンタ、なにか余計なこと考えてない？」

「え？　べ、別に？」

「……本当かしら？」

「ほ。ホント、ホント！」

何かに勘付いたマリアの追及をどうにか逃れようとしていると……。

「いい加減にしろ、お前たち‼　さっさと席につけ‼」

『はいっ‼』

俺たちの前を歩いていたアルフレッド先生が、我慢の限界とばかりに叫び、俺たちは慌《あわ》てて席についた。

「まったく……最後の最後に醜態《しゅうたい》を晒《さら》すとは……」

「いや！　大騒ぎになったの、オーグの余計な一言が原因だからな⁉」

オーグが他人事《ひとごと》のように溜め息を吐くので、思わずツッコむと「ギロリ！」という擬音が聞こえてきそうなほど、アルフレッド先生に睨《にら》まれた。

やば、これ以上怒らせるとアルフレッド先生の胃に穴が空きそうだ。

教員席から怖い顔をしてこちらを睨んでいるアルフレッド先生だが、その評価は非常に高い。

こう言ってはなんだが、俺たちアルティメット・マジシャンズは、世間では英雄だの世界最高の魔術師集団などと言われている。

そうすると、教師の中には俺たちに遠慮して何も言えない人もいる。

なのにアルフレッド先生は、俺たちのことを入学時と変わりなく厳しく指導してくれる。

英雄相手にも一切付度《そんたく》しない、教師の鑑《かがみ》とまで言われているのだ。

学院の関係者からは、次期学院長にという声まで上がっているという。

そんな先生が俺たちのことを睨んでいる。

……ここから先は大人しくしておこう。

そうこうしているうちに式は進み、在校生代表による送辞《そうじ》も済んだ。

このあとは……。

『それでは続きまして、卒業生代表挨拶。卒業生代表、シン＝ウォルフォード君』

「はい！」

いよいよ、俺の卒業生代表挨拶だ。

入学式のときの新入生代表挨拶は超緊張したけど、去年の卒業式でも在校生代表の送辞をやったし、アルティメット・マジシャンズ代表としてもっと大勢の前での挨拶も経験してきた。

もう怖いものなどない！

そう思って壇上《だんじょう》に上が……。

「ぱぱー‼」

思わず、壇上でスッ転げてしまった。

「な、な……」

なんでこのタイミングで大声をあげちゃうのかなあシルバー⁉

厳粛《げんしゅく》な式の最中にあがった子供の大声と、転けた俺を見て爆笑に包まれる会場。

ぬおお……恥ずかしい！　これは恥ずかしいよ⁉

「シルバー！　シーッ！」

「あう！」

壇上からシルバーに注意すると、シルバーは両手を口に当てた。

うは、可愛い……。

途端に、また大爆笑に包まれる会場。

しまった、混乱して皆が注目している壇上でいつものように行動してしまった！

ああ、もう……せっかく最後はキッチリ締めようと思っていたのに、台無しだよ……。

はあ、もういいや。

湿《しめ》っぽいのはガラじゃないし、いつものように軽い感じの挨拶にしとこう。

『ご来賓《らいひん》の皆さん、お騒がせしてしまい申し訳ありません。先生方、最後までこんな調子ですみません。在校生の皆さん、こんな先輩でごめんね？』

最初のつかみで、またも笑いが起きる。

『私がこの高等魔法学院に入学したのがもう三年も前になることが未だに信じられません。それほど、この学院での三年間は濃厚で楽しい毎日でした』

ここからは、ちょっと真面目に話すよ。

『私がこの学院に入学した最大の目的は常識を知ること。その目的は十分に達成できたかと思います』

途端に起こる大爆笑。

なぜだ⁉

『そ、それと同時に、同い年の友人を作ることも目的としていました。その目的は、入学してすぐに達成することができました。この学院で得られた最大のものだと言っても過言ではありません』

俺のその言葉に、Sクラスの皆がニヤニヤしつつも照れくさそうにしている。

まあ、友人から面と向かってそんなこと言われたら照れるよな。

俺も、こんな場でないと、とてもじゃないけど口にできないし。

『それだけでなく、生涯《しょうがい》の伴侶《はんりょ》にも出会いました。そして、先ほど皆さんも目にしたように、養子ではありますが子供も得ることができました』

シルバーのことは、アールスハイド……いや、世界中の人が知っている。

ただし、魔人同士の子としてではなく、魔人に占領《せんりょう》された都市で奇跡的に生きていた奇跡の子、魔王と聖女に養育される幸運の子としてだ。

『私の人生において、これほど濃密な時間はありませんでした。それもこれも、温かく見守ってくれた保護者、厳しく指導してくれた先生方、先輩、後輩の皆さんのお陰だと思っています』

これは紛《まぎ》れもない本音だ。

俺がこんなにも幸せな学生生活を送ることができたのは、周りの皆と隔絶《かくぜつ》した力を持ってしまった俺のことを、異分子として排除せず、受け入れてくれた皆のお陰だ。

『本日、私たちはこの学院を卒業しますが、ここでの三年間を忘れることは生涯ないでしょう。皆様、本当にありがとうございました。卒業生代表、シン＝ウォルフォード』

そう言って深々と頭を下げると、途端に万雷の拍手が巻き起こった。

「センパーイ!!」

「魔王先輩、素敵ー!!」

「愛人にしてー!!」

おい！　誰だ最後の！

この場でそんなこと言うなよ！　またシシリーの目からハイライトが消えちゃうだ

ろ‼

恐る恐る席に戻ると、オーグは笑いをこらえてくの字になっていた。

これから起こる騒動が楽しくてしょうがないんだろう。

くそ、相変わらず趣味が悪いな！

そんなオーグを無視してそっと視線を横に向けると、シシリーは普通に微笑んでいた。

「相変わらず、モテモテですね？」

「そ、そんなことないよ。まったく、たちの悪い冗談だよな」

「ふふ、分かってますよ。シン君が愛人なんて作るはずがありませんもんね？」

「当たり前だよ」

「うふふ」

シシリーは結婚してから、昔のようにちょっとしたことで嫉妬《しっと》しなくなった。

むしろ、妙な威厳《いげん》まで備わっているように見える。

「なんだ、つまらん」

「オーグ、お前……」

やっぱり騒動を期待してやがったか。

まあ、それでこそオーグなんだけど。

「それにしても、すっかり落ち着いちゃったわねシシリー」

「そう？」

「そうよ。去年までのシシリーなら、周り中凍り付いちゃってたんじゃない？」

「そんなことないよ」

いやいや……。

俺も、一瞬その光景が頭をよぎったよ。

「やっぱり、結婚したから？」

「シルバーがいるのも大きい」

アリスとリンも同じように感じていたらしく、シシリーが落ち着いた原因を挙げている。

皆にそう思われていたことが意外だったのか、シシリーはちょっと苦笑しつつ言葉を返した。

「そうかもしれません。それに、シン君はシルバーのお世話も本当に一生懸命やってくれていますし、私にもたくさんの愛情を注いでくれます。そんなシン君を疑うことなんてありえませんよ」

そう言うシシリーは本当に幸せそうで、ああ、頑張ってよかったなと心底思った。

だが、マリアたちの顔が赤い。

なんで？

「あ、愛情を注いでくれるって……」

「わぁ、意味深～」

「あぅあぅ、シシリーのえっち！」

「これは、二人の実子の顔を見る日も近い」

「愛情を注ぐって、そういう意味じゃねえよ‼」

シシリーを大事にしてるって意味だよ！

とんでもないことを言うマリア、ユーリ、アリス、リンに呆れつつシシリーを見ると……真っ赤になって両手で顔を覆《おお》ってらっしゃいました。

ちょっ！

ここでその行動は誤解を……いや、ある意味誤解でもないんだけど！　変な意味にとられちゃうから！

「ふむ、そうか。ウォルフォード家も今夜から子作りか」

「皆の前でそういうこと言うんじゃねえよ！　っていうか『も』ってことは、オーグんとこもそうってことじゃねえか」

「私は王族だからな。子を成すことは半《なか》ば義務だ」

「こ、こいつ……⁉」

オーグの奴、俺をからかうために自分の身を切ってきやがった！

そんなオーグのくだらない覚悟に身を震わせていると……。

「お前ら……さっさと退場しろっ‼」

アルフレッド先生の怒鳴《どな》り声が、まだ人の残っている講堂に響き、またも爆笑に包まれるのであった。

あぁ……結局、最後までこんなんかよ……。

卒業式から帰った俺たちは、爺さん、ばあちゃん、使用人さん一同から学院の卒業を祝われていた。

ダイニングテーブルには、ウォルフォード家の専属料理人であるコレルさんが存分に腕を振るった料理が並べられ、まだ離乳食がメインのシルバーも、そのおいしそうな料理の数々に目を輝かせている。

まだ食べられないからね。

いつもはシルバーを挟んで食事をしている俺とシシリーも今日は二人並んで、いわゆるお誕生日席に座っていた。

シルバーは爺さんとばあちゃんの間だ。

「卒業おめでとうシン、シシリーさん」

「常識を身につけるって目標以外は達成できたみたいでなによりだよ」

「ちょっ、常識は覚えただろ⁉」

「知ってるのと身に付くのは別もんだよ！　アタシは忘れちゃいないよ？　シュトロームと戦ったときに、アンタが放った魔法をね！」

「うぐっ……」

純粋に卒業を祝ってくれる爺さんと違って、ばあちゃんは辛辣《しんらつ》だ。

あのとき、俺がシュトロームに向かって放った熱核魔法。

あれは爺さんたちが戦っていた戦場でも確認されたらしい。

災害級の魔物たちはその魔法の威力に動きが止まり、人間たちは天変地異が起きたと思ったらしい。

その後、特になにも起こらなかったので再び魔物が動き出し戦闘を続行したらしいけど。

ばあちゃんは、いまだにその魔法のことを忘れておらず、何かにつけて二度と使うんじゃないと釘《くぎ》を刺してくる。

俺だってあんな魔法、二度と使いたくないっての。

「ほっほ。しかしまあ、あのときディセウムの提案を受け入れたのは良い判断だったということじゃな」

「本当だねえ。もし、あのままこの子を世に放っていたらと思うと……背筋が寒くなるね」

「そうですね」

「え？　シシリーまで？」

思えば、俺の十五歳の誕生日にディスおじさんから学院に通わないかと提案されたのが人生の分かれ道だったな。

そのことを懐《なつ》かしそうに話す爺さんと違い、ばあちゃんは相変わらず非道い。

しかも、シシリーまでばあちゃんに同調してるし。

「あ、いえ。私の場合は……その……」

「ん？」

「……シン君が学院に通うために王都に来てくれなかったら出会えなかったなって……」

「あ……」

俺とシシリーが出会ったのは、学院ではなく王都に来てすぐ。

街で不良ハンターに絡まれていたのを助けたのが最初だったんだよな。

あのディスおじさんの提案がなければ、俺とシシリーは出会うことすらなかったかもしれない。

「そうだな、シシリーに出会えたのも、学院に行くことにしたからだもんな。それを考えると、本当にあのとき学院に行くことにして良かったよ」

俺はそう言って、隣にいるシシリーに微笑みかけた。

「シン君……」

シシリーは潤《うる》んだ目で俺を見ていた。

「シシリー……」

「シン君……」

俺とシシリーの顔が近づいていき……。

「ぱぱ、まま、ちゅー？」

「「ふぇあっ⁉」」

もう少しでシシリーとキスしそうなところで、シルバーの無邪気《むじゃき》な声が聞こえた。

あっぶね！　ここにはシルバーだけじゃなくて皆いるんだった！

「今のシルバーの言葉……アンタたち、普段からシルバーの前でもイチャイチャしてんのかい？」

「え、あ、いや……」

「あ、あわわ……」

シルバーが、今の雰囲気でちゅーという言葉を発したことに、ばあちゃんが目敏《めざと》く勘付いてしまった。

だってしょうがないじゃん。

シシリーと二人でシルバーを見てると、幸せな気持ちが溢《あふ》れてしょうがないんだから。

「やれやれ、まあ両親の仲が良いのはいいことだ。こりゃあ、シルバーの弟か妹の顔を見るのも近いかねえ」

以前は、時と場所を考えろと説教していたばあちゃんだったが、結婚してからあまりそういうことに対してガミガミ言わなくなった。

その代わり、シシリーとイチャイチャしているとニヤニヤした顔をするようになったんだよな……。

「そういえば、今日で学院を卒業ってことは……」

ああ、またばあちゃんがニヤニヤし始めたよ。

「まあ、頑張りな」

「は、はい！」

「ちょっ、シシリー……」

「え、はっ⁉」

今のばあちゃんの『頑張れ』は『子作り』を頑張れってことだぞ？

そんな元気に返事しちゃったら、今日から子作り頑張りますって宣言してるようなもんじゃないか……。

「あ、あうう……」

　自分の発言に気が付いたシシリーは、真っ赤になりながら恥ずかしそうに身をすくめた。

　もう結婚して人妻になってるのに、なんでこうも可愛いんだろうか？

　そんな可愛らしい仕草を見せるシシリーを皆で愛でたあと、ようやく卒業祝いの夕飯が始まった。

　とはいえ、そこはやはり小さい子供のいる食卓。

　俺たちの学院での思い出話をしていたら、シルバーがまだ食べられない料理を手で掴み、口に入れようとして大慌てで取り上げたり、ぐずりだしてシシリーが抱っこしたり、結局シルバー中心のいつもの夕飯になった。

　そして、そのシルバーがウトウトし始めたのでシシリーが寝かしつけに行ったところで、祝いの席は終了となった。

「ほっほ、子供がいると賑やかでいいのお」

「本当にそうだねえ……」

　シルバーを寝かしつけに行くシシリーの後ろ姿を見ながら、しみじみとそう呟《つぶや》く爺さんとばあちゃん。

　二人の過去のことを考えると、色んな思いがあるんだろうな……。

「さて、シン」

「なに？　ばあちゃん」

シシリーを見送っていると、ばあちゃんから声をかけられた。

「これで、学生という気楽な身分は終わりだよ」

「分かってるよ」

「本当かねえ？　これからは社会人として生きていくことになる。アンタのすべての行動に責任が出てくる。これまでみたいに、ディセウムや殿下が庇《かば》ったって庇いきれないことも出てくるんだよ」

「それも分かってるってば」

これでもこの世界に転生する前は、ちゃんと社会人してたんだから。

けどばあちゃんは、イマイチ納得してない顔で溜め息を吐き、こう言った。

「いいかい？　これからのアンタの行動は全部シルバーが見てる。シルバーに、自分の父親は騒動ばっかり起こす恥ずかしい父親だって思われないように、より一層自重《じちょう》するんだね」

「お、おう……」

そうか……。

シルバーはもうすぐ二歳。

正確な誕生日はミリアに聞いていなかったから、シュトロームが俺たちに宣戦布告《せんせんふこく》してきたあの日をシルバーの誕生日に決めた。

その日はもうすぐだ。

シルバーはこれからどんどん大きくなる。

自我も芽生えてくる。

そうすると、俺の背中を見て育つわけだ。

「……責任重大だな……」

「まったく……今頃気づいたのかい。妻子持《さいしも》ちになったのに、しょうがない子だねえ」

「まあ、そう言うてやるな。シンはまだ十八歳。世間一般で言えば、まだ子供なんじゃから」

爺さんがそう言うと、ばあちゃんはキッと爺さんを睨み付けた。

「妻子ができた時点でもう子供じゃないんだよ！　そういやアンタも、いつまでも子供のまんまで……アタシやスレインがどれだけ恥ずかしい思いをしていたか知らないだろう⁉」

「い、今、その話はせんでも……」

「まったくアンタたちは……本当に血が繋がってないのか疑っちまうくらいそっくりだよ！」

「「あ、あはは……」」

俺と爺さんは、ばあちゃんの言葉に、苦笑いしか返せなかった。

そんなやり取りをしていると、シルバーを寝かし付けたのか、シシリーが二階から下りてきた。

「なんのお話をしてたんですか？」

「なに、ウチの男どもはいつまで経ってもガキだねえって話さね」

「ふふ、そうですね。でも、いつまでも少年っぽさを忘れないシン君は素敵《すてき》だと思いますよ？」

「はあ、アンタは本当にシンに甘いねえ……」

「そ、そうですか？」

「そうさ。少年っぽさを忘れないのはいいけれども、子供の父親がいつまでも少年のまじゃ困るのさ」

少年って……もう十八歳になったし、シルバーの面倒も見てるのに……。

「いや、だから、大人としての自覚はあるって……」

「卒業式であんだけ大騒ぎしておいてかい？」

「うぐっ……」

いや……あれは……その……。

俺が言《い》い淀《よど》んでいると、ばあちゃんは深い溜め息を吐いた。

「はあ……これはあれだね、色々と自覚が足りないね」

「自覚……ですか？」

「ああ、親ってのはね、急になるもんじゃないんだ。子供ができたことが分かって、妊娠期間中に少しずつ親になる自覚と覚悟ができてくる」

「それは、そうですね」

「まあ、子供が生まれたからって、すぐに親になれるわけじゃない。少しずつ、子供と一緒に親も成長していくもんだけど……それはまあこの際いいとしてだ、アンタたちは、その前提が抜けてるんだ」

「前提……」

「あの子を引き取ると決めたアンタたちの決意と、一生懸命にあの子を育てていることは評価してる。けど、アンタたちがいつまでも子供っぽいのは、その自覚と覚悟が足りないからじゃあないのかい？」

「確かに、そうかも……」

「シン君……」

シルバーを引き取ったあとは、シルバーを育てることに精一杯になっていて、俺自身が親として成長していくって考えはまったくなかった。

学生であることに胡座《あぐら》をかいて、いつも皆とふざけあって……。

「……ばあちゃんの言うとおりだ、俺、自覚が足りなかった」

「口で言うのは簡単さ。けど、その自覚はそうすぐに持てるもんじゃない」

「じ、じゃあ、どうすれば……」

縋《すが》るようにばあちゃんを見ると、ばあちゃんは……。

ニヤニヤと笑っていた。

え？

「さっきアタシが言ったばかりじゃないか。さっさと子供を作りな。シシリーのお腹が大きくなっていくにつれて、自然と自覚なんて生まれるもんさ」

「んなっ！」

「あぅ……」

なんだよ！

散々人のことケチョンケチョンに言っておいて、結局それが言いたかっただけじゃないか！

「はてさて、年寄りはそろそろ寝るとするかねえ」

「そうじゃの」

「シン、シシリー」

「……なんだよ？」

「はい？」

自分たちの寝室に向かう途中、振り向いたばあちゃんの顔は、またニヤニヤしていた。

「あんまり遅くならないようにね」

「うっせー！」

「お婆様！」

「あっはっは。二人目のひ孫、楽しみにしてるよ」

ばあちゃんはケラケラ笑いながら寝室へと入っていった。

残された俺たちはというと……。

「……」

「……」

は、恥ずかしい！

この流れで俺たちも寝室に向かうと、つまり、今から子作りしますと宣言しているようなもんじゃないか！

使用人さんたちも、その空気を感じてか視線が妙に生温かい気がする。

くっそう、ばあちゃんめ！

「あー……俺たちも休もうか？」

「は、はい！　そうですね！」

「え？　お休みになられるのですか？」

うおいっ！

せっかく言葉を選んだのに、蒸し返すんじゃないよマリーカさん！

俺たちのこれからの行動を把握《はあく》されているかと思うと、恥ずかしくってしょうがない。

「あぅぅ……」

シシリーなんて恥ずかしさのあまり動けなくなってるじゃないか。

どうしよう……。

そう思ったときだった。


ジリリリ！


「……通信？」

「え、こんな時間にですか？」

今はもう食事も終わり、寝ようかという時間。

そんな時間に、俺の無線通信機の着信ベルが鳴った。

さっきまでの恥ずかしい空気は一変し、俺とシシリーは顔を見合わせた。

「誰だろ？」

「とりあえず、出た方がいいんじゃないですか？」

「そうだな」

出てみれば分かることだ。

そう思って、受信のボタンを押すと、通信機の向こうから非常に焦《あせ》ったオーグの声が聞こえてきた。

『シン！　もう寝室か⁉』

なんだそれ？　意味が分からん。

「これから向かおうかと思ってたところだよ」

意味は分からんが、とりあえず現状を正直に伝えると、オーグは明らかにホッとした声を出した。

『そうか……間に合ったか』

「間に合ったって、何がだよ？」

本当に意味が分からない。

だけど、次に発したオーグの言葉は、もっと意味が分からなかった。

『すまんが、子作りはしばらく延期してくれ』

「なっ⁉　お、お前！　突然なに言ってんだ⁉」

『冗談でこんなことを言っているわけではない。今、ウォルフォード夫人に子供を作られるとちょっとマズい事態が起きたのだ』

オーグは、俺とシシリーが結婚したあと、シシリーのことを「ウォルフォード夫人」と呼ぶようになった。

今までファミリーネームの「クロード」って言っていたけど、シシリーは俺と結婚して「シシリー＝ウォルフォード」になった。

もうクロードと呼ぶわけにもいかないし、かといって人の奥さんを王族であるオーグがファーストネームで呼び捨てにすると、その意味を曲解《きょくかい》して捉《とら》える者も出てくる。

そこでオーグは、シシリーをウォルフォード夫人と呼ぶようになった。

ウォルフォードだけでも長いのに、さらに夫人をつけないといけないなんて……。

王族は面倒くさいね。

それはともかく、オーグの言葉の意味はなんだ？

「シシリーに子供が出来たらマズい事態って……」

シシリーの治癒魔法《ちゆまほう》は、俺との特訓と治療院での実践を経て、すでにこの国だけでなく世界でもトップクラスのものとなっている。

瀕死《ひんし》の重傷を負った患者を助けた事例なんて数え切れない。

そのせいで、結婚し人妻になったというのにシシリーの聖女としての名声は高まる一方である。

ということは、誰かシシリーに治療してほしい人でもいるということなんだろうか？

だけど、オーグの言い分には違和感がある。

なぜなら、確かにシシリーの治癒魔法は世界トップクラスの実力だが、それと同じことは俺でもできる。

なら、仮にシシリーが妊娠して身動きが取れなくなったとしても、俺が出向けば済む話なのだ。

なのでそう聞いたのだが、オーグはしばらく黙り込んだ。

『説明するのに時間がかかる内容なのだ。すまんが明日王城に来てもらえないか？』

「王城に？」

『ああ、私の部屋で構わん』

「なにがなんだか分からんけど、明日行けば教えてくれるんだな？」

『そうだ。……すまんな、明日すべて話す』

「ああ、それじゃあ、明日な」

そう言って通話を終了し、横で聞いていたシシリーに視線を移した。

「ってことなんだけど……」

「あ、あはは……」

急なオーグからの話に、シシリーも苦笑している。

そりゃあそうだろう。

今までお互いの夫婦の営《いとな》みについては、意図《いと》して話すのを避けてきた。

さすがにそこは完全なプライバシーだし、簡単に踏み込んでいい話題じゃない。

今日は、学院を卒業するということもあって子供に関する話題が出たけど、普段はそこには踏み込まない。

……まあ、奥さん同士の方は分からんけど。

女性って、そういうとこ結構あけすけに話したりするらしいからなあ……。

そんなオーグが、俺たち夫婦間の事柄について口を出してきた。

これは、よほどの緊急事態なんだろう。

「あの殿下が随分と慌てていたみたいですけど……なんでしょうか？」

シシリーもそのことが気になったようだ。

いつも沈着冷静《ちんちゃくれいせい》なオーグが慌てるとき、大抵ロクなことがない。

魔人領攻略作戦のときに魔人を取り逃がしたりな……。

「はあ……面倒なことが起きないといいんだけど」

「そう願いたいですね」

「それじゃあ、このあとどうしようか？」

「あ、じゃあ、今日もネックレスを着けておきますね」

「え？」

「え？」

「あ、いや……まだ夕食が終わったばっかりだし、オーグの介入《かいにゅう》でなんとなくそういう雰囲気じゃなくなったから、このあとなにしようかって意味だったんだけど……」

まさか、夜の営みについて返事をされるとは……。

「あ、あ……」

言葉の意味を取り違えてしまったシシリーが真っ赤になってうつむいてしまった。

あー、もう。

人妻で母になったというのに、どうしてシシリーはこうも可愛いんだろうか？

「え？　きゃっ！　シ、シン君？」

そんな可愛い顔をされては辛抱たまらん。

俺はシシリーを横抱きにして階段を寝室に向かった。

「シシリー。やっぱり、今日はもう寝よう」

「あ……は、はい……」

そう言って俺の胸に顔を埋めるシシリーを連れて寝室に入った。

俺たちが寝たのは、それからしばらく経ってから。

俺の横で眠るシシリーの胸にはネックレスが輝いていた。

第二章 特殊部隊アルティメット・マジシャンズ始動

翌朝、俺とシシリーはゲートでオーグの部屋に行った。

「来たか。すまんな、わざわざ呼び立てたりして」

「いや、なんかあったんだろ？　構わねえよ」

部屋で待っていたオーグが俺たちを出迎えるなり謝ってきたので、それに対して気にしていない旨《むね》を伝える。

オーグが慌《あわ》てるような事態が起きてるのに、こっちの心情《しんじょう》で文句を言うのはちょっと違うかなと思ったしな。

「おはよッス、ウォルフォード君」

「おうマーク。おはよう」

オーグと挨拶《あいさつ》をしたあと、声をかけてきたのはマークだ。

というか、マーク以外にもアルティメット・マジシャンズの全員がこの部屋にいる。

「ウォルフォード君も、昨日の夜通信がかかってきたんスか？」

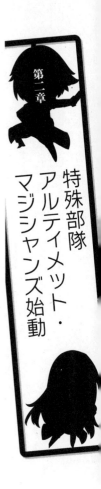

「ああ、晩飯食ってすぐにな」

「なんなんスかね？　急に王城に来いだなんて」

「まあ、それを今から説明されるんだろうけど……なあ、マークは他にオーグからなにか言われたか？」

マークとオリビアも、卒業後すぐに結婚する予定だ。

今は結婚式の準備で忙しくしていると聞く。

マークのところは、ウチと違って子供が生まれるかどうかはかなり切実な問題になってくる。

ビーン工房の跡取りだからな。

早速子作りに励もうとしていたに違いない。

ってことは、俺と同じように子作り中止を言い渡されたと思っていたんだけど……。

「他ッスか？　いや、別になんも言われてないッスけど？」

「え？　マジで？」

「はい」

どういうことだ？

「トニー」

トニーのところも、卒業後すぐに結婚の予定だ。

なので、トニーにも聞いてみることにした。

「ん？　なんだい？」

「トニーも、今日王城に来てくれって以外、特になにも言われてない？」

「いや？　特になにも」

トニーもか。

まあ、トニーの彼女のリリアさんはアルティメット・マジシャンズじゃないし、総務局への入局が決まっているらしいので、結婚後すぐに子供を作る予定はないんだろう。

だとしても、なんでウチ……っていうかシシリーだけ？

そんな疑問に頭を悩ませていると、オーグが皆に声をかけた。

「これで全員集まったな。それでは……おい」

オーグがそう言うと、部屋の扉が開き、メイドさんたちが服を持ってきた。

「まずはこれに着替えてくれ」

オーグに言われるまま、男性陣と女性陣に分かれて着替えに行く。

「なあ、これなに？」

「アルティメット・マジシャンズの新しい制服だ。今までは戦闘服ですべて済ませてきたが、これからはそうはいかん。依頼主との話し合いの場に戦闘服で出向くわけにはいかんからな」

「ああ、なるほどね」

騎士だって四六時中鎧《よろい》を着ているわけじゃない。

事務作業をするときや、待機しているときなんかは制服を着ている。

それと同じことだろう。

オーグが用意した制服は、今までの戦闘服と色合いは似ているがちょっと窮屈《きゅうくつ》になった感じ。

ネクタイも用意されてる。

制服をすべて着用すると、儀礼用《ぎれいよう》の軍服みたいな感じになった。

これはこれで格好良いな。

「これにはまだ魔法付与《まほうふよ》がされていないから、すまんがあとでやってくれるか？」

「ああ、分かった」

オーグが用意したものだから、相当にいい素材を使っているんだろう。

今までの付与は全部できそうだ。

着替えが終わって部屋に戻ると、女性陣も丁度《ちょうど》着替え終わったようで別の部屋から出てきた。

「お、いいじゃん。なんか大人の女性って感じ」

「そう？　なんか気恥ずかしいんだけど」

女性陣の制服姿を見て俺が感想を漏《も》らすと、この中で一番制服の似合っているマリアがちょっと恥ずかしそうにそう言った。

女性用の制服は、上半身は男性と同じだけど下半身は膝丈《ひざたけ》のタイトスカートで靴は足首の上くらいまでのブーツだった。

ちなみに男性はスラックスに革靴な。

気の強いマリアがこの制服を着ると、まさに軍の女性士官って感じがする。

ちなみに、シシリーは心優しい後方支援のお姉さんって感じだ。

これも……いい！

オリビアも事務方って感じがするな。

これでも、魔人を一人で討伐できる実力は持ってるんだけどね。

ユーリは……。

十五～六の頃から色っぽかったけど、十八になった今は大人の色気に溢《あふ》れている。

そんなユーリが制服を着ると……。

うん。

なんか、そういうお店に来たみたいな錯覚をおこすな。

本人の性格はおっとりしていて、エロさとは無縁なんだけどなあ……。

そうして女性陣を見ていると、アリスとリンが得意げに話しかけてきた。

「にしし！　仕事できそうでしょ？」

「見直すなら今のうち」

オーグの用意した制服だから、サイズは俺たちにピッタリだ。

それは、もちろんアリスとリンも同様である。

そのはずなんだけど……。

どう見ても……。

「ああ、うん……似合って……ブフッ！」

「なんで笑うんだよ⁉」

「心外」

「ご、ごめ……いや、どう見ても中等学院生の職業体験にしか見えなくて……」

「十八歳の乙女《おとめ》を捕まえて中等学院生だとおっ⁉」

「もうすぐ十九になる」

「俺にはそれが信じらんねえよ！」

アリスとリンは、この中の誰よりも誕生日が早い。

今は三月なので、来月には二人とも十九歳になる。

……嘘《うそ》みたいだろ？　これでもうすぐ十九なんだぜ？

「お前たち、じゃれ合うのはそこまでにしろ。準備が済んだなら行くぞ」

俺がアリスやリンとギャアギャアと騒いでいると、オーグが話に割って入ってきた。
「お前たちはまだ行ったことがないだろう場所だから、私のゲートで行くぞ」
オーグはそう言うと、自分でゲートを開いた。
俺たちが行ったことがない場所？
「それって、どこ？」
「そういえば、まだ言っていなかったな」
オーグはそう言いながら、ゲートを潜《くぐ》った。
俺たちも慌ててその後を追う。
そして、ゲートから出た先はどこかの建物の一室。
だけどそこが、アールスハイドではないことはすぐに分かった。
なぜなら……。
『ええっ⁉　これがそんなすんの⁉　そら高いわ、負けてえな！』
『いやいや、そら殺生《せっしょう》やで兄さん。ウチもギリギリでやらしてもらってんねんで？』
『そこをなんとかすんのが商売人やろが！』
『なんやと⁉　無理難題吹っかけとるだけやろが‼』
『ああ⁉　なんやコラッ！　やんのか⁉』
『おお！　ヤッたろやないかい‼』

窓の外からこういった喧噪が聞こえてきたからだ。

しかも、こういったやり取りがそこかしこから聞こえてくる。

これは、もしかしなくても……。

「オーグ、ここって……」

まあ、改めて聞くまでもないとは思ったけど、一応確認してみた。

「ああ。お察しの通り、ここはエルス自由商業連合国だ」

ですよね。

知ってた。


「ここがエルス……」

オーグが、俺たちはまだ行ったことがないと言っていた意味が分かった。

エルス自由商業連合国は、カーナン王国やクルト王国よりもさらに東にある国。

以前、各国に魔人が現れてもすぐにゲートで行けるようにと世界中を回ったことがあったが、その際エルスには立ち寄らなかった。

魔人領とエルスの間には、カーナンやクルトがあるからね。

そこを飛び越えてエルスを襲撃することはありえないだろうという判断からだ。

ちなみに、イースはアールスハイドやスイード、ダームの南側にある。

それはともかくだ。

「オーグはいつの間にエルスに来てたんだ？」

「ああ。魔人領の再開発の件でな。何度か足を運んでいたのだ」

あ、そうか。

魔人王戦役《まじんおうせんえき》……あのシュトロームが引き起こした騒動《そうどう》はそう呼ばれているんだけど、それが終わったあと、旧帝国は戦争に参加した各国に分配された。

その際、旧帝国に国境を接していないエルスとイースは飛び地になるため、領土の分配を受けられない。

しかし、大国であるエルスとイースに連合へと参加してもらいたいので、エルスにはその復興に必要な資材等をすべてエルス商人に任せるという条件で連合に参加してもらった。

イースの方は、イース神聖国直轄の教会の設立を条件に連合に加わってもらった。

これだけ聞くとイースだけ条件が悪く聞こえるけど……イースはその会談でやらかしてくれたからね。

本当は、飛び地になるんだけどイース神聖国領の領地を割り当てる案があったそうだから、あのフラーって元大司教のせいでイースは大損したことになる。

結局、国際会議の場で他国の要人を攫《さら》おうとしたこと、その結果イースの地位を貶《おとし》めたこと、さらにイースが得るはずだった利を大きく損なったこと、そしてそれ以前からの悪行からフラーは処刑されたらしい。

それはともかく、魔人王戦役のあとのエルスは、旧帝国領の復興のため多忙を極めていた。

それは現在進行形だけど。

オーグは、その戦後復興の手助けをしているんだろう。

俺たちはオーグがそうやって復興に携わっている間、各国に自然発生した災害級の魔物の討伐や、自然災害により被害を受けた地域の復興などにしか出動していない。

要するに割と時間があったのだ。

俺とシシリーは、その空いた時間をほとんどシルバーの世話に当てていたので、オーグの動向までは把握《はあく》していなかったんだよな。

「へえ、結構ちゃんと王太子《おうたいし》の仕事やってんだな」

「……お前の中での私の評価に物申したいところだが……まあ、通信機でのやり取りもできるが、書類を突き合わせての折衝《せっしょう》もあるからな。やはり直接会う必要もあるのだ」

「そうか。それでゲートが使えるオーグが度々エルスに来てたと」

「そういうことだ。ここも、私がゲートで移動するためにエルスが用意してくれた部屋でな。今日もここから馬車で大統領府まで行くぞ」

「大統領府？」

エルスの大統領であるアーロンさんとは面識がある……っていうか、兄弟子って立場だ。

そんな兄弟子に会うために、わざわざ新しい制服に着替えて馬車に乗って大統領府に行く？

それってつまり、今日の用件は大統領からの正式な依頼ってこと？

「なんか……えらい大ごとな感じがするな」

俺がそう言うと、オーグは疲れたような溜《た》め息《いき》を吐いた。

「実際大ごとだ。詳しくはアーロン大統領から話がされるから、今は言えんがな」

「ますます面倒な予感がするわ」

一国の王太子であるオーグがこの場で話せないって……。

面倒事の予感しかしねえよ。

「とはいえ、これはエルスから我々アルティメット・マジシャンズに寄せられた正式な依頼だ。一国のトップからの依頼、断るわけにもいくまい」

「まだ、組織としては稼働《かどう》してないのにな……」

「まったくだ……」

俺たちが学院を卒業したのが昨日。

予定では、この後各国から、俺たちが世界に対して邪《よこしま》な思想を抱かないようにという、監視の意味も含めた事務員が派遣されてくる予定である。

その人たちが着任してから正式に組織として稼働する予定だった。

それを待たずにこの依頼。

「アーロンさん、相当焦《あせ》ってるのか？」

「焦ってるというか、周りからの突き上げがうるさいというのが実情だな」

アーロンさんは大統領という呼称の通り、国民から選挙で選ばれた国の代表だ。

アールスハイドや他の王国と違い、世襲《せしゅう》ではない。

ということは、アーロンさんを蹴落としたい人物もいるだろうし、そういう人たちはアーロンさんに難癖をつけようとするだろう。

行動が遅いとかなんとか言って。

となると、一つ確かめたいことがある。

「でも、実際に俺たちに話がきたのがこのタイミングって……」

「その通り。アーロン大統領が、周囲からせっつかれているにもかかわらず、私たちの卒業を待ってくれたのだ」

やっぱり、そうか……。

アーロンさん、色々と言われているだろうに、俺たちのこと配慮してくれたんだな。

……ばあちゃんが怖いからとかいう理由じゃないよな？

それが一番ありえそうな気がする。

ともかく、そういう配慮をしてくれたんだ。弟弟子としては兄弟子の期待には応えないといけないな。

こうして俺たちは、建物に常駐している馬車に乗り込み、大統領府を目指した。

数台の馬車に分かれ、俺の乗る馬車には、シシリー、マリア、オーグといういつものメンツが揃《そろ》った。

多分すぐ着くだろうけど、その馬車での移動中に、俺は一つずっと気になっていたことがあったのでオーグに聞いてみることにした。

「なあ、オーグ」

「なんだ？」

「……ダーム、どうなってる？」

「ダームか……」

商人たちによる共和制を敷いているエルスに来たことで、俺はあることを思い出した。

魔人王戦役が終わったあと、世界中に宣戦布告《せんせんふこく》をしようとしてすぐに鎮圧《ちんあつ》され、その後王制が撤廃《てっぱい》された国、ダーム。

当時は、その王の暴挙を事前に食い止めたヒイロ＝カートゥーン軍司令長官が暫定《ざんてい》の国家元首となっていたけれど、その後正式にカートゥーン氏がダームの首相の座に就《つ》いた。

国名もダーム王国からダーム共和国に改名し、貴族を完全に撤廃。

元貴族は完全に廃絶《はいぜつ》し、市民から議員を選出して国を運営しているという。

エルスも大統領を市民による選挙で選出しているけど、完全に民主制かと言われるとそうとも言い切れない。

大統領に立候補できるのは各街を治めている知事だけなのだが、その知事は商人たちによる合議《ごうぎ》によって有力な商人から選出される。

市民による選挙ではない。

なら、なぜ知事は商人による合議という密室で決められるのか。

それは、一般市民より商人の方が他の商人のことを知っているからだ。

経営手腕からその人間性まで。

それに、言っちゃあ悪いが、エルス市民の教養の低さというのも理由にある。

旧帝国ではないが、学校に通えるのは一部の裕福な人間だけ。

そうでない者の方が圧倒的に多いので、教養という面ではどうしても低くなってしまう。

十五歳以下に義務教育が施《ほどこ》されているのなんて、アールスハイドくらいのものだ。

そういった理由もあって、知事の選出には一般市民は加われない。

しかし大統領選挙は一般市民による選挙。

それはなぜかというと、候補者である知事が有能であるかどうかは、その知事が治めている街の発展具合を見れば分かるから。

他の街の発展状況は、大統領府にある選挙管理委員会が公平に作った各街の評価資料を見ることで判断することができる。

市民たちは、どの街を治めている知事が大統領になれば自分たちの得になるのか、それを見定めて候補者に票を投じる。

エルスではこうして大統領が選出されるのだが……。

今回ダームが選んだのは、完全な民主制。

ダームはそんなに大きな国ではないが、国内に街はいくつかある。

その街の代表や、運営する地方議員、さらには国家を運営する国会議員まですべて一般市民から選出したのだ。

つまり、今まで各街を治めていた貴族がしていた統治を、市民の代表が代わりに行うようになった。

君主制から民主制への移行。

前世の歴史を見ても、そう珍しいことではない。

ただ……。

「シンの懸念《けねん》の通りだったな。うまくいっていない」

「やっぱり……」

今回のダームの完全民主制への移行。

それに関する俺の懸念。

それは……。

貴族制度を「完全」に撤廃し、政治の場から貴族を排斥《はいせき》したことだ。

今まで各街や国を運営していたのは、貴族たち。

いわば政治のプロを完全に排斥し、代わりに議員として選出されたのは政治の素人である一般市民。

街や国を治めるノウハウもなしに、いきなり市民による政治なんかできるものなのか？

普通、君主制から民主制に移行する際、元支配階級の人たちも一部政府に残しておくものだと思っていた。

それを、完全に排斥したことを懸念していたんだけど……。

懸念通り、うまくいっていないらしい。

「議員と商人の間では賄賂が横行《おうこう》、それどころか議員の息のかかった犯罪組織まであるらしい」

「まだ体制が変わってから一年ちょっとだよな？　もうそんなことになってんの？」

「どうも、議員に選出された人間の中に、裏社会の人間がそれなりの人数いるらしいのだ」

「自分の部下たちを使って、組織票で選出されたのか……」

「今まで国からの監視の目を掻《か》い潜《くぐ》っていた裏社会の人間が正当な権力を得たのだ。ダームはもう魔窟《まくつ》と呼んで差《さ》し支《つか》えない」

「かといって、口出しはできない……か」

「内政干渉《ないせいかんしょう》になるからな。我々は静観《せいかん》しかできない。歯がゆいがな」

それにしても、ダームのカートゥーンさんはなんでこんなことしたんだろうな？

確かにダームは何度か失敗した。

軍のトップが暴走し、危うく魔人を取り逃がしかけた。

外交官がよりにもよって、創神教《そうしんきょう》の教皇であるエカテリーナさんを殺しかけた。

実際には、そのどれもが魔人によって操られていたと後に判明したが、国家間の信用はガタ落ちした。

最後には王まで暴走し、しかもそれは魔人をすべて討伐したあとだったもんだから、完全に私欲のためだった。

そんな王族から権力を取り上げたかったのは分からないでもないけど……。

いきなり市民に政治を任せたらこうなることを予想できなかったんだろうか？

……できなかったんだろうな、この結果を見ると。

国家としての名声を取り戻したくて行った改革で、さらに国家としての信頼を落とす。

ダームの行く末にかなりの不安を抱きながら、俺たちはエルス大統領府に辿り着いた。

「おお。シン君、よお来てくれたな」

「お久しぶりですアーロン大統領」

「堅苦しいなあ。俺とシン君の仲やないか、気軽にアーロンさんって呼んだってえな」

「いや、それは……」

久しぶりに会ったアーロンさんから、いきなりそんなことを言われた。

いや、確かに俺んちで会うときとかはそう呼んでるよ？

でも、本当にこの場でそう呼んでいいのか？

なぜこんな風に困惑しているかというと、オーグたちとともにエルス大統領府を訪れた俺たちは、真っ直ぐにアーロン大統領の待つ会議室に案内された。

案内された会議室には、当然アーロンさんがいたのだが、それ以外の人間もいた。

アールスハイドもそうだけど、国はトップの人間が一人で運営しているわけじゃない。

各国によって呼び方は色々だけど、様々な部門がある。

アーロンさんの周りにはそんな各部門のトップの人たち。

アールスハイド風に言えば、各局長たちが勢揃いしていたのだ。

つまりここはすでに公式の場。

アルティメット・マジシャンズの代表とはいえ、俺が馴《な》れ馴《な》れしくアーロンさんと呼んでいい場面なのだろうか？

そんな風に困惑していると、隣にいたオーグが小声で話しかけてきた。

(さっき、大統領は周囲からの突き上げが激しいと言っていただろう？　ここでお前と親密な様子をアピールしておきたいんだろうな)

(それって、乗ってもいいのか？)

(いいんじゃないか？　どうせ我々はこの国の人間じゃないんだ)

(そっか……)

よく見れば、アーロンさんの額には汗が浮かんでいる。

これは、オーグの言うとおりパフォーマンスの一環なんだろう。

早く乗ってくれっていう感情が顔に出てる。

しょうがない。

ここはアーロンさんの思惑に乗ってあげるとするか。

「まあ、たしかにそうですね。兄弟子であるアーロンさんに対して他人行儀《たにんぎょうぎ》すぎました」

俺がそう言うと、周りの人たちがザワついた。

そして、アーロンさんはあからさまにホッとした顔をした。

「そうやで？　お師匠さんの孫といえば、俺にとったら子も同然。他人行儀にされたら悲しなるわ」

「それはそうでしょうけど、場は弁《わきま》えた方がいいんじゃないですか？」

「おっと、そらそうや。ははは、すまんすまん。ほなら、こっから大統領モードや」

アーロンさんはそう言うと、一つ咳払《せきばら》いをした。

「アウグスト王太子殿下《でんか》、アルティメット・マジシャンズ代表シン殿。エルスの要請《ようせい》に対応してくれたこと心から感謝する」

おお、普段ばあちゃんに怒られてるところしか見たことなかったけど、こうしてると為政者って感じがする。

「さて、このたびの要請なんやが……シン君、アウグスト殿下から詳細は聞いとるか？」

「いえ、なにやら複雑な事情があるとのことで、詳しい話は大統領から直接聞けと言われてます」

「そらそうやな。ほな、詳しい話をしよか。と、その前にや。シン君」

「はい？」

「シン君は、エルスの東側のことって知っとるか？」

「エルスの東側ですか？　えっと……確か、険しい山脈があるんですよね？」

「そうや」

「その険しい山脈を越えた先には、今度は広大な砂漠《さばく》が広がっていて、その先の詳しいことは分かってない……ですか？」

「そうや。けど、それは事実ではないねん」

「え？　どこの部分がですか？」

「詳しいことは分かってない……っちゅう部分や」

「ということは……その先のことはある程度分かってるんですか？」

「ああ、そうや。山脈を越えた先の大砂漠を越えた先には……国があるんや」

え？　なにそれ？　初耳なんですけど⁉

案の定、周りのみんなもザワついている。

驚いていないのはエルス陣営の人たちとオーグだけだ。

「昔から、何年かに一度砂漠と山脈を越えてエルスにまで辿り着く人間はおったんや」

「え？　で、でも、そんな話は一度も聞いたことがありませんけど」

「そらそうや、その情報はエルスから拡散せんように情報統制を敷いとったからな」

「な、なんでまた……」

「まだどことも国交を持ってへん国やで？　そんなん交易《こうえき》を独占したいに決まってるやん」

うわ、出たよ、商人による情報の独占か。

そりゃあ、確かにエルスだけが交易を独占できれば大儲《おおもう》け間違いなしだ。

それは分からなくもないけど……商人ってやっぱズルいよな。

ん？

でも、待てよ。

「そんな独占したい情報を、なんで俺たちに話すんですか？」

俺がそう聞くと、アーロンさんは深い溜め息を吐いた。

「そらエルスとしては教えたなかったけどな、そうも言ってられへんのや」

「というと？」

「エルスは、これまで砂漠の向こうにある国……名前をクワンロンっていうんやけどな、そことどないかして交易をしたいと思ってたんや。けど……」

「けど？」

「どうしても上手いことといかへんかった。理由は分かるか？」

砂漠の向こうにある国と交易ができなかった理由。

それは一つしかないだろう。

「安定的な移動手段がなかった……ですか？」

「その通りや。そもそも山脈を越えることすら難しいのに、どないかして山脈を越えたとしても次に待ってるのは砂漠や。どないせいちゅうねん」

そうだろうな。

荷物は、異空間収納が使える人に収納してもらうとしても、当然現地に行かないと荷物の引き渡しができない。

それに、交易って荷物を送り届けるだけじゃない。

帰りには向こうの荷物を持って帰ってこなくちゃいけない。

となると、当然商人も同行しなくちゃいけないんだけど……。

エルスの東側にある山脈は大変な難所で、身体を鍛えていない商人が越えるのは難しいらしい。

仮に山脈を越えられたとしても、次に待っているのは大砂漠だ。

「毎回、クワンロンからエルスに辿り着く人間も、大概がボロボロや。せやから、まあ、できたらエエなくらいに思とったんやけど……」

「急がないといけない事態が発生した……ってことですか？」

「そうや」

なにそれ？　超面倒臭そうじゃん。

「その辺の詳しい話は……おい、あの二人呼んできて」

「はっ！」

アーロンさんは、職員の一人に声をかけると誰かを呼んでくるように指示を出した。

今までの話の流れからすると、これって……。

「今から来るのって……」

「お察しのとおりやろうな」

アーロンさんがそう言うのと、会議室の扉が開くのは同時だった。

開かれた会議室の扉から、二人の人物が現れた。

最初に現れたのは女性。

小柄で、黒く長い髪を独特な形に編んでいる。

アールスハイド周辺の人間に比べて彫りが浅く、前世でいう東洋人っぽい顔立ちをしていた。

そして続いて入ってきたのは男性。

こちらは大柄で、筋骨隆々《きんこつりゅうりゅう》。

同じく黒い髪を、後ろで三つ編みにしている。

彼も東洋人っぽい。

「紹介しよか。東方の国、クワンロンから来た、ミン＝シャオリンさんと、リーファンさんや」

「はじめまして、ミン＝シャオリンです」

「リーファンだ」

会議室に入ってきた少女の方が先に名乗り、体格のいい男性の方が次に名乗った。

長く交流のない国だから言葉が通じないかもと思っていたが、普通に喋った。

「はじめまして、シン＝ウォルフォードといいます。言語が同じなようで安心しました」

俺がそう言うと、少女はちょっと嬉しそうな顔をした。

「いえ、この国の言葉は、私たちの国の言葉とは大分違います」

「え？　でも……」

随分流暢《ずいぶんりゅうちょう》だからネイティブかと思った。

俺の困惑が伝わったんだろう、少女は笑みを浮かべて説明してくれた。

「元々、この国の言葉はある程度学んでいたのです」

「え？　そうなんですか？」

「ええ。先ほど、私たちの国からこの国に辿り着いた人がいたと聞きませんでしたか？」

「はい、聞きました」

「ということは、この国から私たちの国に来る人もいるとは思いませんか？」

「それは、確かにそうですね」

「将来、こちら側の国々と商売をしたいと思っていたので、語学の勉強をしていたのです」

「なるほど。そういうことでしたか。なんの違和感もなかったものですから、言語は同じなのかと思いましたよ」

「ふふ、ありがとうございます。まあ、こちらの言葉しか喋っていなければなれますよ。ただ……」

「ただ？」

「この国の言葉はその……習った言葉と違うので、最初はなにを言っているのか分からず苦労しましたが……」

「ああ、ここエルスか……」

エルス弁は、共通語の訛《なま》りだから、外国の人に言葉を教えるならまず共通語になるのか。

そんで、教えてもらうのは共通語なのに、周りで話されているのはエルス弁……。

「じゃあ、半分別言語に聞こえたのでは……」

「はい……こちらの言葉は通じるのに、相手がなにを言っているのか分からない……結局、詳しい話をするのに半年もかかってしまいました」

「半年も？　要求を伝えるだけならすぐできたんじゃ……」

「確かにそれはできます。ですが、相手の言葉に意味不明な言葉が交じっているのに、迂闊《うかつ》なことは喋れません。一度契約を結んでしまえば、たとえ不利な条件であろうと受けざるを得なくなりますから」

「ああ、なるほど」

確かに、言葉が完全に分からない時点では相手を完全には信じきれないよな。

だから半年、なにも要求せず、言語の理解に徹したんだ。

「凄いですね。僕とそう歳も変わらないだろうに……随分と優秀なんですね」

俺が感心しながらそう言うと、少女は「あはは」と照れ臭そうに笑うだけだったが、代わりに、リーファンと名乗った男性が自慢げに話し始めた。

「当然だ。シャオリンお嬢様は優秀なのだから」

「へえ……ん？」

確かに優秀そうだなと思っていたけど、その言葉にちょっと引っかかった。

「シャオリンお嬢様？　え？　ミンお嬢様じゃなくて？」

「ミンは家名《かめい》です。シャオリンの方が名前なんですよ」

「ああ、家名が前なんだ」

「はい」

そういうことね。

ずっと交流がなかっただけあって文化的なことも随分違うらしい。

そうして二人と挨拶をしていると、アーロンさんが話に入ってきた。

「ミンさん。そろそろ事情を説明してやってもろてもエエやろか？」

「あ、はい。分かりました」

シャオリンさんはそう言うと、さっきまでの和《なご》やかな雰囲気から真面目な顔になった。

「まず、私たちの話に付き合わせてしまい、申し訳ありません」

そう言って深々と頭を下げるシャオリンさんとリーファンさん。

「私たちはクワンロンの商人です。こちらには商売をしにきました」

まあ、そうだろうな。

「でも、エルスとクワンロンは非常に遠く、定期的に行き来するの難しいです」

それが原因で今まで交易できてなかったそうだからな。

「私たちは、エルスと交易できないと……家が滅んでしまいます」

「いきなり物騒な話になったな⁉」

終わる？　滅ぶ？　なんの話？

「私たちの扱っている商品が、クワンロンで売れなくなりました。なので、外国に売らないといけません」

「売れなくなった？　なんでまた？　それより、なにを売ってるの？」

国内で売れなくなった商品って、なんかヤバイもんでも扱ってるんだろうか？

エルスは、そんなの扱って大丈夫なのか？

そう思っていると、アーロンさんが異空間収納からなにかを取り出した。

「シン君、これ見てみ」

そう言って見せられたのは、革だった。

「革？　シャオリンさんが扱ってるのは革なんですか？」

「ああそうや。これ、なんの革か分かるか？」

「なんのって言われても……」

牛革じゃないのは分かる。

爬虫類っぽいけど……こんな革の爬虫類いたっけ？

「すみません、分かりません」

俺がそう言うと、アーロンさんはなぜか頷《うなず》いた。

なんで？

「そら分からへんやろな。むしろ分かっとったら、なんでやって問い詰めなアカンかったとこや」

「そんなにヤバイんですか？　この革」

「ヤバイなんてもんちゃうで。こんなん持っとったら逮捕されてもおかしない」

「逮捕って……なんなんですか？」

「これはな……」

「これは……？」

アーロンさんは、たっぷりと勿体ぶったあと、革の正体を告げた。

「竜の革や」

その言葉に、俺も周りも息を呑んだ。

「り、竜って……狩るだけでも重罪なんじゃ……」

「そうや。あの魔人王戦役のときにシン君らが倒した四体と……もうずっと前、おやっさん……マーリン殿が倒した一体。計五体しか公式には認められてへん。それ以外は全部密猟《みつりょう》や」

「その竜の革が商品って……」

シャオリンさんの商売は闇の商売なんだろうか？

「私たちの国では、確かに高級品ですがそう珍しいモノではありません。逆に増えすぎて、間引きしないといけなくなることもあります」

「え⁉」

と、いうことは……。

「シャオリンさんと交易ができるようになるということは、竜の革が流通するようになると……？」

「そういうこっちゃ。こんなでかい取引、見逃す手はないやろ？」

「そ、そうですね」

「そこでや、我々としてはミンさんと取引したい。けど輸送手段……というより移動手段やな、それがない。それでシン君に来てもろたっちゅうわけや」

「いや、それでの意味が分かりませんけど……」

「ははは、シン君、謙遜《けんそん》したらあかんて。シン君らが空を飛べるっちゅうのは皆知っとるこっちゃで？」

「え？　まさか……」

俺たちに空を飛んでクワンロンとやらに行けと？

確かに、一度行ってしまえばその後はゲートで行き来できるけど……。

え？　まさか、これからずっとエルスとクワンロンの往復をしてくれって依頼？

そんな依頼内容なのかと思ったが、アーロンさんから提示されたのは予想を超えるものだった。

「そう！　空も飛べて魔道具作りの異端児《いたんじ》でもあるシン君に……空を飛ぶ乗り物を作ってほしいんや！」

……。

「はあっ⁉」

エルスの首脳たちがいる場で思わず叫んじゃったよ。

は？　空飛ぶ乗り物？

オーグからは、自動車すら作るなって言われてるのに。

それをすっ飛ばして空飛ぶ乗り物⁉

思わずオーグを見ると、諦めたように溜め息を吐いていた。

え？　オーグも承認済みなの？

「そうや。交易の度にシン君らに頼むわけにはいかへんからな。俺らだけで行き来できる移動手段が欲しいんや」

「それは……ありがたいですけど」

「シン君が懸念してることも分かるで。せやからその乗り物はクワンロンとの交易以外では使わんことは約束するわ。ウチらかて、馬車協会を潰すわけにはいかんからな」

「はあ」

「それに、材料調達も建造もウチでやるさかい、どうにか受けてもらえへんやろか？」

この通りと両手を合わせて拝みながら頭を下げるアーロンさん。

俺はもう一度オーグを見ると、小さく頷いた。

「あー、分かりました。じゃあ、引き受けます」

オーグの許可が下りたので俺が引き受けると言うと、アーロンさんはガバッと頭を上げた。

「ほんまか⁉　よっしゃ！　ほんなら早速設計に……」

アーロンさんはそう言うと、早速会議室を出て行きそうになったが、それをオーグが止めた。

「アーロン大統領」

「ん？　なんや？」

「先日の話を公式な文書にして頂かないと、この話はまだ受けられません」

「ああ、そうやったな。ほんならざっと概要まとめよか」

アーロンさんはそう言うともう一度席についた。

オーグの言った話とは、まず、今回作る乗り物の所有権はアルティメット・マジシャンズにあり、エルスにはあくまで貸与という形になること。

エルス以外の国が、クワンロンとの国交を結ぶことを認めること。

エルス以外の国にも、希望があれば空飛ぶ乗り物を貸与してもいいこと。

最初にクワンロンに行く際、アルティメット・マジシャンズも同行すること。

などだった。

あとは官僚《かんりょう》たちによって詳細を煮詰め、公式文書にして調印《ちょういん》するとのことだ。

「これで全部か？　ほんなら……」

「アーロンさん……」

またしても駆けだして行きそうなアーロンさんを、今度はシャオリンさんが引き留めた。

「なんやな？」

「まだ、大事な話がのこってます」

これ以上まだ、なにかあるのかよ？

「お、おお、そうやったな。スマンスマン」

アーロンさんはそう言うと俺に……というか、横に座っているシシリーに視線を向けた。

「ウォルフォード夫人」

「あ、はい」

「実は、ウォルフォード夫人に治療してもらいたい人がおんねや」

「私に……ですか？」

シシリーはそう言うと、不安げに俺を見た。

そんなシシリーを見たアーロンさんは言葉を続けた。

「ああ、そうや。まあ、世間的にはウォルフォード夫人が世界一の治癒魔法士《ちゆまほうし》やと言われとるけど、シン君の方が凄いのは俺も知っとる」

「では、なぜ……」

「それは、私から説明します」

そう言って、シャオリンさんがシシリーの前に行き、その理由を告げた。

「聖女様には、私の姉を治してほしいのです」

「シャオリンさんのお姉様を……ですか？」

「はい。そうです」

シシリーへの依頼ということで、おそらく治療系の話だとは思っていたが、その予想は間違っていなかった。

そして、どうして俺じゃなくてシシリーなのかということも、治療してほしい人物を聞いてなんとなく察した。

お姉さんってことは女性。

そして、女性の治療を、女性の治癒魔法士に依頼するってことは……。

「姉は、その……子供を産むところに病《やまい》が……」

やっぱり、女性特有の病気か。

子宮や女性器などの婦人科系の病気は、どんなに治癒魔法の腕が良くても男性治癒魔法士を敬遠する傾向がある。

相手が治癒魔法士、つまり医師だとしても女性のデリケートな部分を見られたくないからだ。

俺じゃなくてシシリーに治療の依頼があった時点でなんとなく予想してはいたけど、子宮に病気が見つかったってことは……。

「すみませんシャオリンさん。少し聞いてもいいですか？」

「あ、はい」

「その、どういった経緯でその病気が見つかったんですか？」

「それは……」

シャオリンさんは、少し迷ったあと詳細を話し出した。

「姉は結婚しています。それで、結婚後しばらくしてから子供ができたのですが……」

「その検査のときに、病気が見つかった、ということですか？」

「はい……それで、その……」

シャオリンさんは、そのあと非常に言いづらそうにしていたので、俺が続きを言った。

「……子供はダメになった……そういうことでしょうか？」

「……はい」

「そんな……」

辛そうに肯定するシャオリンさんを見て、シシリーが痛ましそうな声をあげた。

俺たちも自分の子供を作ろうとしてたもんな……それがダメになったときのショックに共感してしまったんだろう。

それにしても……。

「厄介《やっかい》だな……」

俺のその言葉に、シャオリンさんが敏感《びんかん》に反応した。

「あの！　ウォルフォード殿は、姉の病に心当たりがあるのですか⁉」

まさに必死という形相で俺に詰め寄ってきた。

「え、ええ。ただ、あくまでも推測《すいそく》ですが……」

「それでも結構です！　私たちでは対処のしようがなくて、病気の進行を遅らせることしかできませんでしたから……」

シャオリンさんはそう言うと、沈痛な面持ちで下を向いた。

「ウォルフォード殿、それで、スイラン様の病気はなんなのだ？」

黙り込んでしまったシャオリンさんに代わって、リーファンさんが俺に聞いてきた。

「スイラン様？　シャオリンさんのお姉さんの名前ですか？」

「そうだ。それより、スイラン様の病気は？」

「あ、ああ。そうですね。えっと、恐らくそれは……」

これは、言うのに勇気がいるな。

病気を告知する医師の辛さが分かる。

「子宮ガン……かと……」

まだ診察したわけじゃないけど……子宮にできた病気。

治療したら子供が流れたという話を聞くと、元々医療の専門家でなかった俺にはそれしか思いつかなかった。

まあ、婦人科の病気はたくさんあるって聞くし、間違っているかもしれないけど、最悪の状況で考えておくべきだ。

俺がそう言うと、辺りが静まり返った。

そりゃそうだよな。

ガンといえば、前世でも死の宣告に近いものがある。

俺が生きていた当時では、大分生存率があがっているとは聞いていたけど、やはり死亡原因のトップはガンだった。

この世界は、魔法で治療ができるためなのか医療に関する知識が遅れている。

シシリーの治癒魔法が世界でトップクラスと言われているのも、俺が狩った動物を解体して、生物の仕組みを説明しながら教えたからだ。

そんな状況では、ガンなんて、まさに不治《ふじ》の病なんだろうな。

そう思っていたんだけど。

「あの、シン君。しきゅうがん……ってなんですか？」

「え？」

シシリーの言葉に、思わず間抜けな声を出してしまった。

え？　ガン、知らない？

「え？　あの、ほら。胃とか肺とかにできるヤツだよ」

「そう言われても……」

あれ？　これはマジでガンそのものを知らない？

「マジか……」

「え？」

「ああ、いや。その、子宮以外にも発生する病気で、それになると命を落とす確率が高いっていう……」

「それでは姉は！　姉はもう助からないですか⁉」

しまった！

不用意なことを言ってしまった。

なんとか話を逸《そ》らさないと。

「いや！　その！　病気の進行を遅らせることはできているんですよね？　ちなみにそれはどういうものですか？」

「病気になった際に使う札を用いました。そのお陰で病気の進行は止まったのですが、代わりに子供が……」

「ああ、それで……というか、札？」

「ええ、これです」

そう言ってシャオリンさんが取り出したのは、何かが描かれているお札だった。

「ええと、これは？」

「こちらの人には馴染《なじ》みがないかと思いますが、これは呪符《じゅふ》と言います。私たちは、これを用いて魔術を使います」

「へえ……」

「ちなみに、クワンロンの言葉で『病気治癒』と書かれています」

「なるほどね」

模様《もよう》かと思っていたら文字だったか。

シャオリンさんの言葉からすると、これは漢字なんかと同じ、一文字に意味が込められている文字だな。

俺たちが日常で使っている文字で表すより、随分文字数が少ない。

そう思って札を見ていると、オーグがポツリと言った。

「シンの使う付与文字に似ているな……」

やべ。

オーグが変なところに気付きやがった。

また話を逸らさないと。

「これで魔法を行使したということは、その病気には魔法自体は効くということですね」

「はい。ですが……進行を遅らせることができただけで、治療自体は……」

そう言ってシャオリンさんはまた俯《うつむ》いてしまったけど、今の言葉で希望が出てきた。

「シャオリンさん。確かに難しい病気ですが、魔法が効くのであればまだ希望がないわけではありません」

「え⁉」

シャオリンさんは、元気づけようと発した俺の言葉に反応して、ガバッと顔をあげた。

「ほ、本当ですか⁉」

「あくまで可能性の話です。絶対とは言えないので、過度な期待はしないでください」

「それでも……可能性があるだけでも……」

シャオリンさんはそう言うと、涙を流し始めた。

そのシャオリンさんの肩を、リーファンさんが優しく抱いている。

おっと、これは……。

「よっしゃ、話は済んだな？　そしたら、これから設計の打ち合わせや。シン君、行くで！」

「え⁉　あ、ちょおっ‼」

シャオリンさんとリーファンさんの関係について思いを巡らせていると、割り込んできたアーロンさんに無理矢理連れ出された。

ちょっと、もう！

空気読めよな！　兄弟子！

アーロンさんに拉致《らち》され、空飛ぶ乗り物の設計についての打ち合わせが終わり、俺はようやく別室に集まっていた皆のもとに戻ってこられた。

そこには、まだシャオリンさんとリーファンさんがいた。

「はあ……ったく、強引なんだよ」

「お疲れだったな。それで、どういった設計にすることにしたんだ？」

「ああ、それは……」

まず、空を飛ぶってことで、かなり高速移動をすることになるだろうから、形状は流線形にすることにした。

離着陸は浮遊魔法《ふゆうまほう》を使っての垂直離着陸になるので、ランディングに必要なタイヤはなし。

代わりに、地面に立つための足を付けることになった。

そして、姿勢維持のために羽を付けることになり、その羽に上下に動くフラップを付けることで方向転換ができるようにする。

結果、昔の飛行艇《ひこうてい》みたいな形になった。

それを、絵に描きながらオーグに説明する。

「なるほどな。それで、完成にはどれくらいかかると言っていた？」

「大体三ヶ月くらいだって」

「そんなに早くか」

「基本的に魔法で移動するからね。とにかく突貫《とっかん》で作って、細かいバランスは今後の課題にするってさ」

「うむ。それで移動手段についてはそれでいいとしてだ、もう一つの方はどうする？」

「それなんだけど」

俺はそう言ったあと、シシリーを見た。

「シシリー」

「はい？」

シシリーはそう言って首を傾げた。

可愛い。

じゃなくて！

「悪いんだけど、これからしばらく特訓するよ」

「特訓……ですか？」

「ああ。ひょっとしたら、すごくキツイかもしれない。でも、シャオリンさんのお姉さんを助けるにはシシリーがその治療方法を身につけないといけない。……やるか？」

これからする特訓は、体力的なことだけじゃなく精神的にもキツイ特訓になると思う。

それでも、やってもらわないとシャオリンさんのお姉さんは助けられない。

その意思があるかどうかをシシリーに聞いた。

するとシシリーは、強い意志を込めた目で俺を見た。

「やります。シャオリンさんのためにも、必ず特訓を受けて治療方法を会得してみせます！」

「聖女様……」

シシリーの強い決意に、シャオリンさんはまた涙目になってる。

相当お姉さんのことが大事なんだな。

「ウォルフォード殿……あっと、聖女様もウォルフォードでしたね。えっと……」

「俺のことはシンでいいですよ」

「私も、シシリーの方がいいです。聖女様と言われるのは恥ずかしいので……」

シシリーも照れながらそう言うと、シャオリンさんは感動したという面持ちで俺たちを見た。

「シン殿、シシリー殿、私たちのためにありがとうございます。姉が助かれば、まだ我が商会は立ち直ることができるかもしれません」

「全力でことに当たりますけど、まだ助かると決まったわけじゃないですよ？」

「それでも、わずかでも望みがあるなら……」

シャオリンさんは、どうしてもお姉さんを完治《かんち》させたいみたいだな。

家族のことだし、必死になるのは分かる。

けど、それと商会とどう関係があるんだろうか？

「あの、一つ聞いてもいいですか？　お姉さんの病気を治したいというのは妹さんとして分かりますけど、それと商会の存続とどう関係が……」

俺がそう訊《たず》ねると、シャオリンさんは苦々しい顔をしながら話し出した。

「……姉は、ウチの商会の会頭《かいとう》です。その姉が倒れたことから、全ては始まったのです」

「お姉さんが商会の会頭？　それはまた……随分と若くないですか？」

「元々会頭だった父が事故で亡くなってしまって……姉がその跡を継いだのです」

「あ……それは……」

シャオリンさんのお父さんは亡くなっていたのか……。

「すみません、辛いことを思い出させてしまって……」

「いえ、もう三年も前の話ですし、気にしてません。で、その父の跡を継いだ姉は、うちと同様に竜の革を扱っている商会に声をかけ次々と傘下《さんか》に収めていき、その竜革組合の組合長になったのです」

へえ、たった三年で組合を作って、まとめあげたのか。

シャオリンさんのお姉さん、相当やり手なんだな。

「ですが……」

さっきまで、誇らしげにお姉さんの業績を語っていたシャオリンさんの顔が曇った。

「その姉が倒れたことによって、次期組合長の座を巡って諍《いさか》いが起き始めたのです」

「まあ……よくある話ですね」

「それだけならまあ……そうして組合が揺らいでいたところに、あの法令が発令されてしまって……」

「法令？」

「はい、それが……」

そこまで言って、曇っていただけのシャオリンさんの顔が、苦々しいものになった。

「竜は絶滅の恐れがあるので狩ることを禁ずると……それだけでなく、その竜の革を取引することも同様に……」

「え？」

竜狩りの禁止？

それって……。

「えー？　シャオリンさん、それおかしくない？」

皆でシャオリンさんの話を聞いていたのだが、アリスが疑問の声をあげた。

「さっき、竜は時々狩らないと増えすぎちゃうって言ってなかった？」

そう、さっき竜の革を見せてもらったとき、確かにそう言っていた。

なのに、絶滅の恐れ？

「そう、おかしいんです。なのに、国はそういうお触《ふ》れを出してしまったんです」

悔しそうにそう言って、シャオリンさんは俯いてしまった。

重苦しい空気が流れる中で、実家が工房を営んでいるマークが、シャオリンさんに声をかけた。

「あの、そうなる前に抗議とか、狩っても問題ない資料とか提出しなかったんスか？」

ビーン工房も、色んな素材を扱うもんな。

もしかしたら、今までにそういう経験があるのかも。

そのマークの問いかけに、シャオリンさんはバツの悪そうな顔をした。

「それが……先ほど申しましたように、組合が混乱している時期でして……誰もそういう法案が出されていることを知らなかったんです」

議論をする暇もないうちに決定が下されてしまったということか……。

いやしかし……。

「政府は一体なにを考えているんだ？　それでもし竜が溢れてしまったらどう責任を取るつもりだ」

この話は初めて聞いたのか、オーグが珍しく怒りを露《あらわ》にしている。

でも、そうだよな。

実際に魔物化した竜と対峙《たいじ》したことがある俺には分かる。

もしあれが魔物化していなくても、戦闘力のない一般人が襲われたらひとたまりもない。

それを放置するなんて……。

他の皆も同様の心配をしているようで、浮かない表情をしていた。

それにしても……。

「あの、シャオリンさん。それって、どういう経緯《けいい》で決まったのかも分からないんですか？」

「はい……私たちにとっては寝耳に水の話で……法令が発令されたあとに行政府に抗議に行ったのですが一切取り合ってもらえず、私たちは大量の不良在庫を抱えてしまったのです」

「打つ手なしってことですか……」

「ですが！」

「ひあっ！」

俯いていたシャオリンさんが、ガバッと顔をあげてシシリーの手を握った。

「シシリー殿のお力によって姉が復活すれば、行政府と渡り合うことができます！　姉は行政府にも顔が効きますので、法令の見直しを進言することができるのです！　ですから、なにとぞ！　なにとぞ！」

「わ、分かりました、できるだけ頑張りますから……」

「お願いします！　お願いします……」

興奮した様子から、段々と涙声になっていくシャオリンさんを見て、俺はシシリーの肩にポンと手を置いた。

「責任重大だな」

「……はい。きっと、シャオリンさんのお姉様を癒《いや》してみせます」

そういうシシリーの表情は、決意に満ちたものだった。

アーロン大統領やシャオリンさんとの会談の翌日から、早速シシリーの特訓が始まった。

一昨日、高等魔法学院を卒業した俺たちは、ようやく平日の日中に時間を取ることが

できるようになった。

今までは放課後か、学院の休日にしか時間が取れなかったからね。

そこで俺たちは早速、シシリーがお世話になっている治療院を訪れた。

教会に併設されている治療院には、色んな人がやってくる。

怪我《けが》をした人、病気の人。

普段は創神教の神子《みこ》さんが治療院に常駐《じょうちゅう》し、治療にあたっている。

その中で、怪我に関しては命に係わるようなものでも、常駐している神子さんたちでなんとか対処できるようになっていた。

これは、シシリーが俺から教わった治癒魔法を神子さんたちに指導した結果。

人の命を救う技術を秘匿《ひとく》するのはおかしいと、俺が提言《ていげん》した。

その技術は他の治療院の神子さんにも普及し、シシリーは益々崇《ますますあが》められることになった。

本人は恥ずかしがっているけどね。

ちなみに、その技術は俺からシシリーに伝授されていることも知られているから、俺まで崇められたのには驚いた。

てっきり、こういう治療関係の称賛《しょうさん》は全てシシリーに行くと思ってたからね。

まあ、そんなわけで今日治療院に来たのは怪我の治療が目的じゃない。

シシリーの特訓のためだ。

事情を話すとその治療院の院長さんは、シシリーの特訓のためという理由に同意してくれた患者さんのみということで許可してくれた。

これから行うことは、まさしく人体実験なのだが、意外にも患者さんたちはほぼ了解してくれた。

なんでも、シシリーの技術向上のためなら喜んで身を捧げるという人が、老若男女《ろうにゃくなんにょ》問わずに多かったそうだ。

俺はこのとき、シシリーが聖女としてどれだけ民衆に慕《した》われているのか分かり、嬉しくて泣きそうだった。

シシリーは実際ちょっと涙ぐんでいた。

こうして、俺とシシリーの特訓は開始された。

まず入ってきたのは、明らかに風邪をひいているであろう男性だった。

シシリーは身体探査の魔法は使えるので、まず男性の全身を調べてもらう。

俺や爺さん、ばあちゃん、それに使用人の人たちが健康なときに散々身体探査の魔法を使ってもらっているので、健康な人とそうでない人の差が分かるようになっている。

その結果、身体に極微細な異物が紛れ込んでいることを発見。

以前、俺がエカテリーナさんにしたように血液に浄化の魔法を流し込んでもらうと男性はすぐに回復した。

男性は、過剰なほどシシリーにお礼を言って帰っていった。

そういう患者が何人か続いたあと、とうとうその患者が現れた。

「あの……ずっと前から胃が痛くて……もう耐えられなくて」

苦しそうにそう訴える中年の女性。

早速シシリーが身体探査の魔法をかけると、難しい顔をして俺に話しかけてきた。

「シン君、あの、これ……」

「どうした？」

「胃になにか通常とは違うものがあります。これは？」

「どれ？」

俺も最初は胃炎か胃潰瘍《いかいよう》かと思っていたのだが、探査してみると炎症ではなく腫瘍《しゅよう》があることが分かった。

俺は医療の専門家ではないため断言はできないけど、胃に腫瘍ができていて痛みを伴い身体の調子が悪くなっているなら多分間違いないと思う。

「……これだな」

「！」

俺の言葉に、シシリーが息をのむのが分かった。

ようやく特訓の本番であることと、先日俺がその病気になると命を落とす確率が高いと話したからだろう。

今までにないほど真剣な……というか険《けわ》しい顔になった。

「え、あの……どうしたんですか？」

俺たちが急に難しい顔になったからだろう。

患者さんが不安そうな顔で俺たちを見ていた。

伝えるかどうか迷ったが、今日ここに来たのはこの病気を治す特訓のためだ。

そこで俺は、意を決して患者さんに話した。

「……あなたのお腹に腫瘍を見つけました。今日僕たちが病気の方の治療をお願いしたのは、この病気を治すための特訓をするためです。一応事前に了承を得ていると思いますが、改めて聞きます。シシリーの特訓のためにシシリーに治療をさせても構いませんか？」

「え？　あ、はい。それは構いませんけど……その……私、そんなに悪いのですか？」

患者さんのその言葉に、俺とシシリーは一瞬言葉に詰まる。

言うべきか言わざるべきか……。

俺では判断できなかったので、院長に意見を聞くことに。

その結果、患者さんにはどういう病気なのか伝えてほしいと言われた。

そして、どういった治療を施《ほどこ》すつもりなのかも。

その言葉を聞いた俺は、患者さんに告知することにした。

「あなたの病気は、放っておくと命を落とす危険が高いものです」

「え……」

「身体の細胞分裂の異常……ええっと、身体の中に正常でない部分が出来てしまっています。今から行う治療は、その異常な部分を正常に戻す治療です」

「は、はあ……」

患者さんがキョトンとした顔をしたので、慌てて分かりやすく嚙《か》み砕《くだ》いて説明した。

けど患者さんは、さっぱり分からないという表情で曖昧《あいまい》に頷いた。

まあ、しょうがない。

大事なのはその次だ。

「最善は尽くします。ただ……最悪の事態は覚悟しておいてください」

俺がそう言うと、患者さんはショックを受けて俯いてしまった。

それはそうだろうな。

病気を治してもらいにきたのに、死の宣告を受けたんだから。

そうしてしばらくすると、患者さんは顔をあげた。

「今日、ここにこられたのは運が良かったんですね」

「え？」

「だって、普段は怪我の治療にあたっていらっしゃる聖女様が、今日に限って病気の治療をされていた。しかも魔王様もいらっしゃる。これ以上の幸運はないと思います」

不安で一杯であろうに、患者さんは微笑《ほほえ》みながらそう言ってくれた。

「……分かりました。本当に今日が幸運な日になるように全力を尽くします。シシリー」

「はい！」

「じゃあ、順を追って説明していくよ。まずは……」

こうして俺は、シシリーにできる限り分かりやすく伝えることを意識して治療方法を教えていった。

何度も何度も失敗して、時々俺が手本を見せたりしながら治療を続けた結果。

「……再検査の結果、異常はなくなりました。時間がかかってしまってすみませんでした」

シシリーは、疲労の色が濃く出ているが、なんとか笑顔を見せて患者さんにそう告げた。

ようやく、治療に成功したのだ。

「……本当です。今まであった身体の不調が嘘みたいに消えています！」

「良かった……」

身体の不調が治って嬉しそうな患者さんと、無事に治療できたことでホッと息を吐くシシリー。

とにもかくにも、シシリーがこの病気の治療方法を習得できてよかった。

だが、俺は患者さんに伝えないといけないことがある。

「無事治すことができてよかったです。ただ……この病気は、再発する可能性があるものです。もし今後また体調が悪くなったりしたときは、我慢せずにすぐに治療院に来てください」

「そ、そうなんですか？」

「はい。ただまあ、今実感なさったでしょうけど、治療することは可能です。ただ、我慢しすぎて病状が進行した場合どうなるか……」

「分かりました！　調子が悪くなったらすぐに来ます！」

「そうしてください。それでは、お大事に」

「お大事に」

「はい、本当にありがとうございました」

患者さんに釘《くぎ》を刺し、帰宅してもらった。

そこでシシリーは、先ほどと違い大きく息を吐いた。

「はあ……無事治療できて良かったです……」

「そうだな。けどこれ一回じゃ心許ないから、もう何人か患者さんが見つかったら治療するよ」

「はい、分かりました」

「とはいえ、さっきの治療で疲れたでしょ。例の患者が現れるまでは俺が対応しておくから、しばらく休んでおいで」

「え。で、でも……」

「いいから。それに、そろそろシルバーのお昼の時間なんじゃない？」

「あ！　そうでした！　すみませんシン君、シルバーのお世話しに行ってきますね」

シシリーはそう言うと、ゲートを開いて自宅へと戻って行った。

子供の世話は休みになるんだろうか？

とはいえ、ああでも言わないと責任感の強いシシリーは休まないだろうしな。

このあとも特訓を続けるから、身体を休めて気力を充実させておいてほしい。

まあ、シルバーと戯《たわむ》れていたらすぐに気力は回復するだろうけどね。

こうして俺は、シシリーのあとを引き継いで診察と治療を行った。

診察室に入ってくる患者のうち、男性の患者たちの露骨《ろこつ》にガッカリした表情は、今後多分忘れられないと思う。

悪かったたな、俺で。

エルスにてアーロンさんからの依頼を受けて三ヶ月。

そのアーロンさんから、飛行艇が完成したと連絡が入った。

結局、空を飛ぶ船という意味で、この乗り物は『飛行艇』と呼ばれるようになったんだよね。

俺が描いたイメージイラストも、舟《ふね》に羽を付けたような感じだったし。

ともかく、ガワができたので早速魔法付与をしてほしいと連絡があり、俺たちはまた全員そろってエルスへと赴《おもむ》いた。

あと、ちょっとゲストもいた。

エルスが用意してくれているゲートを繋げるための建物から外に出ると、アーロンさんとシャオリンさん、リーファンさんが待ち構えていた。

「おお、よう来てくれ……げえっ⁉」

俺たちが出ていくなり満面の笑みで出迎えてくれたアーロンさんだったのだが、俺たちの中にいたゲストの顔を見た途端に満面の笑みが絶望へと変わった。

それはまあ……そうだろうな。

「なんだい小僧、随分な態度じゃないか。締められたいのかい？」

アーロンさんの態度に対して文句を言ったのは、もちろんばあちゃんだ。

っていうか、締めるって……。

「めっ！　滅相《めっそう》もございません！　いや、ちょっと予想外だったというか、驚いただけっていうか……」

「ほう、そうかい？　アタシには、会いたくない顔に会ったから絶望したように見えたけどねえ」

「そんなことありませんがな！　尊敬するお師匠さんでっせ⁉　知ってたら歓迎できたのにって後悔《こうかい》の顔ですわ！」

必死に取り繕《と》《つくろ》うアーロンさんと、冷めた目で見ているばあちゃん。

この場には、エルスのお偉いさん方もいるんだけど、その全員が二人のやり取りを固唾《かたず》をのんで見守っている。

なに？　この緊張感は。

「ふん、まあいいさね。それより小僧、今回はまた随分なものを発注してくれたもんだね」

「そ、それは、その……」

そう。

アーロンさんから空飛ぶ乗り物を作ってくれと頼まれたことをばあちゃんに話したところ、一度アーロンと話さないとねえとこの度一緒に付いてきたのだ。

ばあちゃんからの冷たい視線を受けて冷や汗を流していたアーロンさんだったが、それを庇《かば》う人がいた。

「お待ちください！　アーロン大統領は、私の願いを聞き届けるために今回の件を依頼してくださったのです！　非は私にあります！」

ずっと推移《すいい》を見守っていたシャオリンさんがアーロンさんの前に飛び出し、深々と頭を下げたのだ。

シャオリンさんたちがエルスに来てもう九ヶ月。

爺さんとばあちゃんのことはもう知ってるんだろう。

ガチガチに緊張しているのが分かる。

ひょっとしたら、アーロンさんからばあちゃんの恐ろしさも聞かされているかも……。

そのばあちゃんは、シャオリンさんをじっと見ている。

しばらくそうしていたのだが、やがてばあちゃんは溜め息を吐いてシャオリンさんに話しかけた。

「お嬢ちゃん、シャオリン……といったかね？」

「は、はい！」

「話は聞いてる。顔をお上げ」

「え？」

「事情は把握していると言ったのさ。それに、別に文句を言うためにここに来たわけじゃあない」

「そ、そうなのですか？」

「分からないかい？　今日シンたちがここへ来たのはなんのためだい？」

「そ、それは、飛行艇が完成したからです」

「そうさ、完成したから来たのさ」

「……あ」

ばあちゃんの言葉に、シャオリンさんがハッとした顔をした。

「ようやく理解したかい？」

「……どういうことでっか？　説教しにきはったんやないんですか？」

……アーロンさんは理解してなかった。

「はあ……まったくこの馬鹿弟子は……いいかい？　アタシは今回、シンに飛行艇の製作を依頼したことを知ってた」

「それはまあ、祖母と孫なんですから、知ってて当然ですわな」

「まだ分からないのかい？　その飛行艇が完成するまで、アタシがなにか一言でも口を挟んだかい？」

「それは……あ」

「ようやく気付いたのかい……そうさ、アタシは別に今回のことを怒ったりしていない。むしろ困っているシャオリンを助けようとしたことは喜ばしいことと思ってるのさ」

「お師匠さん……」

あ、アーロンさんがばあちゃんから優しい言葉をかけられて涙目になってる。

……飴《あめ》と鞭《むち》？

そう、ばあちゃんは今回の飛行艇建造の話を、設計の段階から知っていた。

知ってて、放置した。

それは、運用に色々と制限をかけたこともあるが、アーロンさんが商売上の利益がでるからとはいえ人助けをしようとしたことを喜んでいたからだ。

そして、今回その飛行艇が完成したので見にきたというわけだ。

まあ、ホントはそれだけじゃないんだけどね。

「ホレ、いつまでそうやっとるつもりじゃアーロン。そろそろ案内してくれんか？」

「あ、オヤッさん。おったんですか？」

「……ずっとおったわ」

お、珍しい。爺さんのエルス弁ツッコミだ。

それにしても、爺さんに気付かなかったとは。

よっぽどばあちゃんが怖いんだな。

……決して爺さんの影が薄いとかではないよね？

その爺さんの言葉が切っ掛けとなり、アーロンさんは俺たちを飛行艇建造現場に案内してくれた。

現場は背の高い仕切りで囲われ、中は見えないようになっている。

その仕切りの中へ足を踏み入れると……。

「おお……」

船体部分の大きさは、大型のバスくらいかな？

その船体から大きな翼が両脇に伸びている。

今まで見たことのない形の船に、皆言葉もなく見入っている。

そんな中、空気を読まない者がいた。

「おー！」

シシリーに抱っこされたシルバーだけは、その大きな乗り物を前にしてテンション高く声を張り上げていた。

「どうやらシルバー。おっちゃんの作った船、凄いやろ？」

「しゅごー！　おーちゃ、しゅごー！」

「はっはっは！　そうかそうか、凄いか！」

シルバーから、おっちゃん凄いと言われてご満悦《まんえつ》のようだな。

アーロンさんは、ばあちゃんの弟子で、ばあちゃんの亡くなった息子のスレインさんと友達だったそうだ。

だから俺のことも、弟弟子というよりは甥《おい》っ子《こ》のように接してくる。

当然、その息子であるシルバーも同様に家族として扱っている。

それにしても、シルバーは男の子だからか、乗り物に興味津々《きょうみしんしん》だ。

ふと周りを見ると、アルティメット・マジシャンズのメンバーのうち、女性陣は呆気《あっけ》に取られているだけだが、男性陣は目の輝きが違う。

子供みたいにキラキラしているのだ。

特に実家が工房であるマークは「うおー！　スゲーッス！」と声をあげながら飛行艇の隅々《すみずみ》を見ている。

「どや、シン君？　注文通りやろ？」

「はい。これなら大丈夫そうですね」

「せやけど、とにかく頑丈《がんじょう》にってリクエストだけやったけど、ホンマによかったんか？」

「ええ。どうせ空を飛ぶのは魔法で無理矢理ですし、空力とか考えなくてもいいでしょ」

「くう……なんて？」

「え？　あー……船を造るときって、水の抵抗を受け流す構造にしたりするでしょ？」

「そら当然やな」

「それの空気版ですよ」

「ああ。それで船みたいな形にしてくれって言うとったんか」

「俺も詳しいことは分かりませんからね。だから頑丈にってだけリクエストしたんですよ」

「そうやったんか」

「さて、それじゃあ魔法を付与したいんですけど……」

俺はそう言うとばあちゃんをチラリと見た。

「いいさ、この場でやってしまいな。どうせ見たってアンタがなにやってるのか分かりゃしないんだ」

「うん、分かった」

ばあちゃんからの許可もでたところで、俺は船体全体に『浮遊《ふゆう》』を。

空気の噴射口《ふんしゃこう》に『空気噴射』の付与を行った。

主翼と尾翼のフラップは、操縦桿《そうじゅうかん》の操作で動くのでこれに魔法付与は関係ない。

二つしか付与しないので、あっという間に付与が終わった。

それを見ていたアーロンさんが、うーんと声を漏らした。

「相変わらず、なにをどうやっとんのかサッパリ分からんな」

漢字だからね。

知らない人が見たら、模様にしか見えないと思う。

「……」

シャオリンさんも、黙って見てるな。

と、それよりも。

「アーロンさん。付与も終わりましたし、試運転してみませんか？」

「おお！　もちろんそのつもりや！」

アーロンさんはそう言うと、飛行艇のドアを開けに行ったのだけど……。

「ん？　あれ？　この！　ちょお！　どないなっとんねん！　開かへんやないか！」

扉を開けられずに、扉に向かって悪態をついている。

飛行艇の扉は、空の高い所を飛ぶので、気圧差で扉が吹っ飛ばないように頑丈に作って、開閉も特殊な手順を踏まないと開かないようにしたんだよな。

設計の際に説明したんだけど、覚えてないのかな？

結局、技術者の人が扉を開けてくれて、ようやく俺たちは中に入ることができた。

「おっしゃ！　そしたら、まず俺が運転を……」

「大統領、ちょっと待ってください」

「なんやな？」

早速操縦席に向かおうとするアーロンさんを、扉を開けてくれた技術者の人が止めた。

「操縦者はこっちで選抜しとります。でも、その操縦者もまだどうやって操縦したらエエのか聞いてません。なので、まず操縦はこの飛行艇の発案者であるウォルフォード殿にお願いしたいんですけど」

そう言われたアーロンさんは、露骨にガッカリした顔になった。

浮遊魔法を起動させた飛行艇は、ゆっくりと上昇していった。

やがてその高さは周囲を囲んでいた仕切りの高さを越え、エルスの首都にいる人たちの目に晒《さら》された。

分厚いガラスがはめ込まれた窓から、市民たちの驚愕《きょうがく》した顔が見える。

ポカンとしている人、慌てふためいている人、色々だ。

飛行艇はそのまま上昇を続け、やがてそんな人たちもゴマ粒くらいの大きさになったとき、今度は車で言うサイドブレーキの位置にあるレバーに魔力を流した。

すると、翼に取り付けられている魔道具から空気が噴射され、飛行艇は前進し始めた。

「お、おお！　こりゃ凄い！　山があんな下に見えるわ！」

アーロンさんは、窓から眼下を見下ろし大興奮している。

エルスのお偉いさん方は驚きのあまり声も出ない様子なのにな。

そして、我らがアルティメット・マジシャンズの面々はというと……。

「へえ、風の抵抗がないのは快適でいいわね」

「そうねぇ。服で軽減されてても、風をずっと浴び続けるのはしんどいもんねぇ」

と、マリアとユーリが生身で飛ぶのとは違い快適であると言うと、他の女性陣も賛同していた。

それを見ていたマークが反論する。

「いやいや、なに言ってんスかマリアさん、ユーリさん。風を感じるからいいんじゃないッスか」

そのマークの主張に、今度は男性陣が賛同。

なんか、しょうもないことで争いが起きていた。

「ちょっと、後ろで揉めんなよな」

今は操縦に集中しているので、前を見ながらそう言うと、マリアがすぐに噛みついてきた。

「だって！　移動するなら快適な方がいいに決まってるじゃない！」

それはまあそうだろうけど、生身で空を飛ぶのも、飛行艇で空を飛ぶのも、どちらも魅力があるんだから討論する必要なんてないだろうに。

ここにはエルスのお偉いさんもいるというのに、チームの皆さんはしょうもない議論を繰り広げております。

ったく、どうしようかなと思っていると、シルバーを抱いたシシリーが操縦席に来た。

「ぱぱ」

「ん？　どうした？」

シシリーの腕の中から俺に向かってシルバーが手を伸ばすが、今は操縦しているため顔を向けて返事するだけにする。

するとシシリーが困り顔になった。

「皆さんが言い争いを始めたらシルバーが怖がってしまって……パパの側にいれば大丈夫かなって」

そう言われてシルバーを見ると、キョトンとした顔で俺を見ていた。

「あ、やっぱり。パパと一緒にいると落ち着きましたね」

シシリーはそう言うと柔らかく微笑んだ。

あー、なんていうか、いいなこれ。

夫婦って感じがする。

気を良くした俺は、操縦桿と推進用レバーから手を放してシルバーを受け取り、俺の膝の上に座らせた。

ちなみに、操縦桿から手を放すと浮遊魔法は切れてしまうが、すでにある程度の推進力が得られているので、急激に落下したりはしない。

俺の膝の上に座ったシルバーは、フロントガラス越しに迫ってくる景色を見ていた。

「おー」

「シルバー、ここちょっと持ってごらん」

「あい！」

俺はシルバーの手を誘導し、操縦桿を握らせた。

「あ、シシリー、そこの席に座ってベルト締めて」

「え？　あ、はい」

そして、ニコニコと俺とシルバーのやり取りを見ていたシシリーを空いている席に座らせ、一応備え付けてあるシートベルトを締めさせた。

そして……。

「シルバー、これ、グインって回してみな」

「う？　ぐいん！」

俺とシルバーは、操縦桿を右に思いっきり回した。

すると飛行艇は、右に九十度倒れた。

『おわあああっ‼』

後ろで皆がひっくり返ったのだろう。

大勢の叫び声が聞こえた。

「いい加減に言い争いは止めろよな。シルバーが怖がるだろうが」

「いやいや！　今の方が怖がるよね⁉」

アリスがそう叫ぶので俺は膝の上のシルバーを見た。

「しゅごー！　ぱぱ、ぐいん！　しゅごー！」

うん、いたくご満悦のようだ。

「怖がってないけど？」

「なんで⁉」

なんでって、シルバーが自分で操縦桿操作したしな。俺の補助付きだけど。

自分が操作したことで飛行艇が動いたことが嬉しかったんだろうな。

「うー、うー」

俺の手の下で、今も必死に操縦桿を動かそうともがいてる。

そうだな……。

「とりあえず、操作性のテストもしとくか。皆、揺れるから何かに掴まるか、椅子《いす》に座ってベルト締めて」

「シン君、シルバーに甘すぎない⁉」

「そうなんですよね。パパったらシルバーが喜ぶことなんでもしちゃって」

アリスの叫びに、シシリーが困ったように返事をした。

あれ？

なんか、夫が子供を甘やかして困る奥さんみたいになってる。

……あ、そのままか。

「えー？　そんなことないよ。シルバーが楽しそうにしてることをしてるだけだって」

「それって、甘やかしてるって言うんじゃないの？」

「そうなんだよマリア。この間も、お空の散歩だって言って……」

と、シシリーが暴露したことにばあちゃんが食いついた。

「シン！　アンタ、そんなことしてたのかい⁉」

「え？　やっちゃ駄目だった？」

「当たり前さね！　もし落としたらどうするんだい‼」

「大丈夫だって。ちゃんとベルトで括りつけてるから」

「そういう問題じゃないんだよまったく！」

そうなの？

前世でいう抱っこ紐みたいなものを作って、俺とシルバーをガッチリ固定してるから全然問題ないのに。

それに、シルバーはこうして空を飛ぶことがとても好きみたいなんだ。

今もジッとフロントガラスから目を離さないし。

「はあ……シルバーが動じていないのはお前のせいだったか」

「なんというか……シルバー君、凄い子に育ちそうですね……」

オーグとオリビアがそんなことを言っている。

オリビアもうすぐマークと結婚するし、子供のことに興味があるんだろうか？

そんなことを考えていると、シルバーが切なげな眼で俺を見上げていた。

「ぱぱー……」

おっと、操縦桿が一向に動かないもんだから痺《しび》れを切らしたな。

しょうがないな。

「それじゃあ、旋回性《せんかいせい》のテストするから、摑まって」

俺は後ろの皆にそう言うと、シルバーに話しかけた。

「じゃあシルバー、さっきと違ってちょっとだけ動かすよ」

「う？」

「いくよ」

「あい！」

最初の言葉には首を傾げたシルバーだったが、俺の合図にはしっかりと返事をした。

やべ、可愛い。

「はあ、可愛い……」

隣でシシリーもシルバーの可愛さにやられてる。

「似た者夫婦……」

後ろでリンの声が聞こえるけど、シルバーの可愛さの前じゃ皆こうなるだろ？

そう思いながら、操縦桿を少し左に回す。

すると翼のフラップが動き、飛行艇は左に傾き旋回した。

「うん。ちゃんと動作してるね。じゃあ、今度は反対だ」

「あい！」

今度は操縦桿を右に回すと、飛行艇も右に旋回した。

「問題ないね。後は強度の問題だけど、それはある程度距離を飛ばないと分からないな」

「それならシン。アールスハイドまで飛んではどうだ」

「そうだな。それじゃあそうしようか」

こうして、アールスハイドまで試験航行をすることにした。

途中、旧魔人領の上空を飛んだとき、復興中の街が見えた。

小さすぎて詳細までは見えなかったけど、徐々に復興してきているらしい。

新しく移住したいという希望者も多いみたいだし、なんかちゃんと前に進んでるなっていう感じがする。

そして、やがて飛行艇は旧魔都上空に差し掛かった。

ここは、まだ手付かずのままだ。

俺たちがシュトロームと最後に戦った帝城が半壊したまま残っている。

その片隅には……シルバーの本当の母親であるミリアを埋葬した墓がある。

俺は複雑な気持ちでシルバーを見た。

当然そんなことは覚えていないシルバーは、魔都にも帝城にも興味を示さず、長時間のフライトに飽きてきたのかウトウトしていた。

それが、なんとなく悲しかった。

「シン君、シルバー預かりますね」

「え？　あ、ああ」

複雑な心境でシルバーを見ていたら、シシリーが声をかけてきた。

寝落ちしそうなシルバーをシシリーが抱きかかえた。

そして、ギュッと抱きしめた。

「……まま」

「はい……ママはここにいますよ」

「うにゅ……」

シルバーはそう言ったあと、完全に眠りに落ちた。

眠るシルバーを見るシシリーは、俺と同じように複雑な表情をしていた。

「シン君……」

「ん？」

「いつか……シルバーには本当のことを話しますか？」

「……」

本当のこと。

それは、シルバーの両親が人類の敵となった魔人であったこと。

それを……伝える？

「……いや、やめておこう。シルバーには世間で流れている話の方を話すよ」

「そう……ですよね」

そう言ったきり、シシリーは黙り込んでしまった。

本当の両親のことを、俺たちは知っている。

だけど、それを話してしまうとシルバーが苦しむことが目に見えている。

そんなことだけはしたくない。

それはシシリーも同じだと思う。

だけど……。

「せめて、ミリアの墓参りだけでもさせてやりたいな……」

俺がそう言うと、シシリーはハッとした顔をした。

「そうですね。せめてそれだけは……」

幸いと言っていいのか、旧魔都がある場所はアールスハイドの分割地《ぶんかつち》となっている。

これは、オーグ……いやディスおじさんと相談するべきかな。

旧魔人領を抜け、アールスハイド王都上空に差し掛かったとき、俺はそんなことを考えていた。


アールスハイド上空まで行ったところでUターンし、アーロンさんに操縦を代わった。

そこで分かったのが、操縦桿に魔力を流して浮力を得ながら推進レバーにも魔力を流すという操作が、同時に行えないということだった。

アーロンさん曰《いわ》く、どっちかに魔力を流すとどっちかが切れてしまう。

これは、相当熟練の魔法使いでないと操作できないと、悔しそうに言われた。

俺たち、こう見えてもアールスハイドトップの魔法学院を卒業しているので、皆魔道具の複数起動はできる。

一緒に乗っていた操縦士の人にも操縦をしてもらったが、浮遊と前進を交互に繰り返し、波を打つように進んだので乗っていた皆が酔った。

結局、操縦士は二人必要との結論になり、操縦士選抜で次点だった人たちに声をかけるとのこと。

エルスに戻り、元の場所に着陸してからアーロンさんと操縦士の人が話しているのを聞いた俺は、ある提案をしようと声をかけた。

「それなら、まゴフッ！」

「まごふ？　シン君、なに言うとんねや？」

「い、いや……」

俺が提案をしようとしたら、脇腹《わきばら》を思いっきり殴られたのだ。

おかげでおかしな奴になっちゃったじゃないか。

俺が衝撃がきた方を睨《にら》むと、俺以上の迫力でばあちゃんが睨んでいた。

すぐに目を逸らした。

そしたら、ばあちゃんに耳を引っ張られて人込みから連れ出されてしまった。

「いたたたた！　ちょ、ばあちゃん痛い！」

俺の抗議を無視してズンズン進んでいくばあちゃん。

やがて会話が聞こえないくらい離れたところで、ようやくばあちゃんは耳を放してくれた。

「なにすんだよ、ばあ……」

「お黙り！　アンタ、今魔石《ませき》を使えばって言おうとしたんじゃないのかい？」

「そうだけど……」

「やっぱり。いいかい、アンタが魔石の生成方法を発見したことで確かに魔石の流通は増えた。けど、まだ希少なものには違いないんだよ」

「それは分かってるけど……」

「いーや、分かってないね。確かにアンタの言う通り、魔石を使えば一人でもあの飛行艇は操縦できるだろう。だけど、魔石の効果が切れたらどうするんだい？」

「なら、予備の魔石を使えば」

「それだけの魔石が確保できなかったらどうするんだい」

「……え、まだそんな程度なの？」

俺がそう言ったところで、ばあちゃんは深々と溜め息を吐いた。

「アンタは、自分で魔石が作れちまうから知らないだろうけどね。以前より魔石が流通する頻度が増えただけで、市場に出たらすぐに売れちまうんだよ」

「そうなの？」

「それだけ魔道具士が魔石を待ち望んでるってことさ。それに、アレは空を飛ぶものだろう。予備の魔石が手に入らなかった、でも交易のために飛ばさざるを得ない。そこで魔石の効果が切れてしまったら？」

「……墜落《ついらく》」

「あんな高度から落ちたら、ひとたまりもない。乗員全員死亡さ」

その言葉を聞いて、俺は背筋が凍った。

確かに、あれは交易用の乗り物だ。

動力を魔石によって賄った場合、魔石の準備が整う前に出航してしまうことも十分考えられる。

利益のために。

そうなると、ばあちゃんの言う最悪の事態が起きることも十分考えられる。

……はあ、いつまでたっても、俺は思慮《しりょ》が足りないな。

目先の問題をクリアすることしか思い付かなかった。

「とりあえず、あの飛行艇は人数がかかっても人力で飛ばした方がいい。間に合わせの急ごしらえだし、これからもっと改良していけばいいさ」

「……うん。分かった。ばあちゃん、ありがと」

「別に。孫の間違いを正してやるのが祖母の役目ってもんだからね」

ばあちゃんに礼を言ったら、なんか照れてる。

そういえば、前に爺さんが言ってたけど、褒《ほ》められても素直に受け取らないんだよな、ばあちゃんって。

ツンデレなのか？

おばあちゃんのツンデレ……。

どこに需要が？

まあ、それはさておき、ばあちゃんの説教も終わったので皆のところに戻ることにした。

その際、ばあちゃんに気になっていたことを聞いた。

「ねえ、ばあちゃん、ばあちゃんは飛行艇を作ることに反対じゃないんだよね？」

「そうさねえ。クワンロンとやらとの交易以外には使わないって公式文書にもなってるからね、そのことについては反対なんざしやしないさ」

「だったら、なんで付いてきたの？　飛行艇見たかったから？」

「それもあるけど……」

ばあちゃんはそう言うと、アーロンさんを見た。

「一言、釘を刺しておこうかと思ってね」

「釘？」

「こっちの話さ。ほら、シルバーが不思議そうな顔でこっち見てるよ。さっさと行ってやんな」

「あ、うん」

こうして、俺はばあちゃんから解放され、シシリーとシルバーのもとへと戻った。

そしたら、シルバーが俺に向かって手を伸ばしている。

俺がシシリーからシルバーを受け取ると、手の空いたシシリーが話しかけてきた。

「お婆様《ばあさま》のお話って、なんだったんですか？」

「え？　ああ、飛行艇の動力に魔石を使ったらどうかって提案しようとしたら止められてさ、その理由を聞かされてた」

「そうだったんですか」

「やっぱりばあちゃんは凄いよ。俺なんかより全然先のことを見通して、って！　いたたた！」

シシリーと話していると、突然耳に痛みが走った。

抱っこしたシルバーが、俺の耳を引っ張っているのだ。

「あ！　駄目ですよシルバー！　パパのお耳を引っ張っちゃいけません！」

「う？」

シシリーが慌てて俺からシルバーを引きはがすが、シルバーは不思議そうな顔である人物を指差した。

「ばあば」

そこには、アーロンさんと二人で話をしているばあちゃんがいた。

ばあちゃんの真似か！

ったく、どんだけおばあちゃんっ子になってるんだ。

「もう。シルバーだって、お耳を引っ張られたら嫌でしょ？」

シシリーがそう言いながら、軽くシルバーの耳を引っ張る。

ところが、軽くなもんだからスキンシップだと思ったシルバーは予想外に喜んでしまった。

「きゃっ！　もう、いたずらっ子ね！」

喜んだシルバーが、今度はシシリーの耳にも手を伸ばした。

それがくすぐったかったらしいシシリーは、短い悲鳴をあげたあと、シルバーの目を見て怒ってる。

和《なご》むわ。

そんな中、ある人が声をかけてきた。

「あ、あの、シン殿」

「ん？　なんですか？　シャオリンさん」

「家族団欒《かぞくだんらん》のところすみません。実は……ちょっと伺いたいことがあったのですが……」

「なんでしょう？」

「先ほどの魔法付与なのですが……」

「ああ……申し訳ありませんが、一応秘密ということにしてありますので詳しくは……」

「あ、そ、そうなんですか。それなら仕方がありませんね……」

「すみません」

「いえ」

シャオリンさんはそう言うと素直に引き下がっていった。

「なんだ？　てっきり魔道具を作ってくれって言うのかと思ったけど……」

「意外とあっさり引き下がりましたね」

「うん、なんだったんだろ？」

「さあ……」

シシリーと首を傾げていると、シルバーが抗議の声をあげた。

「まま、まんま」

あ、もうお昼か。

お腹を空かせたシルバーがご飯を所望している。

俺もお腹が空いたし、ひとまず初フライトはこの辺でお開きにするか。

操縦自体は簡単なので、あとは操縦士さんの人数を増やして試験飛行を繰り返してもらおう。

そう思って、皆に声をかけにいった。

「アーロン、ちょっといいかい？」

「はい？　なんでっか、お師匠さん」

シンと別れたメリダは、国の重鎮《じゅうちん》たちと操縦士の再選抜と試験運転についての協議をしていたアーロンに声をかけた。

「そっちの話し合いは？」

「もう終わったとこですから大丈夫です。そんで、どないしました？」

「ちょっと、こっち来な」

「は、はあ……」

アーロンはメリダに呼び出され、その後ろをビクビクしながら付いていく。

以前はよくこうして説教のために呼び出されていたので、嫌でもその記憶が蘇《よみがえ》ってくる。

そして少し歩いたところで足を止め、アーロンに向かい合うメリダ。

その姿を見たアーロンは、ビシッと姿勢を正した。

メリダは、アーロンの緊張した様子に苦笑を浮かべる。

「そんな緊張しなくてもいいよ。今回の件について文句を言いに来たわけじゃない」

「そ、そうでっか……」

安堵《あんど》のあまり、アーロンの口からは溜め息が漏れた。

「飛行艇を作ったのは、まあアンタたちの利益のためだろうけどね。それが結果的にあのシャオリンって娘を助けることに繋がってる。文句なんざ言えないさ」

「あ、ありがとうございます」

今まであまりメリダから褒められたことがないので、アーロンは感動で若干《じゃっかん》涙目になった。

「それに、あの娘の姉の病気を治療するためにってシシリーにまで声をかけたんだろ？　今後の関係を良好にするためだろうとは思うけど、そういう人を救う決断もできるようになったんだねえ」

「そりゃ……もう長いこと大統領なんてやってますから、それくらいできんと……」

「昔のボンクラなアンタを知ってる身としては、それだけでも感慨深いんだよ」

「ボ、ボンクラって……」

「けどまあ、今日はそんなことを言いに来たんじゃない」

「え？」

褒められて感動していたアーロンは、込み上げていた涙が一気に引っ込んだ。

「釘を刺しにきたのさ」

「釘……でっか」

「今回の話、もしエルスの利益のみの話だったらアタシは反対したよ。でも、人助けが絡んでるんじゃ反対なんてできるはずがない」

「それはまあ……お師匠さんやったら、そう言うと思いました」

「アンタは、アタシと一緒にいた時間がそれなりに長いからねえ。その辺りのことはよく知ってるだろう」

「はい」

「だけど、他の連中は？」

「……」

メリダの質問に、アーロンは答えられなかった。

「今回、シンは空飛ぶ乗り物なんて空想の話の中にしか出てこないようなものをアッサリと作っちまった」

「そう、ですな」

「そんな空想上の乗り物が実現できるなら、他にも……と考える輩《やから》が出てくると思わないかい？　特に、利益を求めるアンタたちエルス商人に」

「それは……ないとは言い切れませんな……」

「だろうね。だから釘を刺しにきたのさ。シンが、自分の意思で開発したものに関してはしょうがない。アタシも半分諦めてる」

「……お師匠さんが、ですか？」

「あの子にはなにを言ったって無駄なんだってことがようやく分かったのさ。あの子は自分が欲しいものを自分で作ってるだけ。それがどんなに世間の常識から外れているか考える前にね」

「ホンマに常識知らずなんですなあ……」

「まったくね……学院生活がなんだったのかって、学院に問い合わせたいくらいだよ。作ったけど世に出せないものなんてザラにあるしねえ」

「え⁉」

メリダの言葉にアーロンが食いつくが、ギロリと睨まれて大人しくなる。

「世に出せないって言ったろ。言えないのさ。言えば色んなところで混乱が起きる」

「そら……お師匠さんもご苦労さんですなあ……」

「まったくだよ……」

アーロンの労いにメリダは深い溜め息と共にそう答えた。

「そんな子だ。こういうものを作ってくれと言われれば簡単に作っちまうだろう。そして、それが終わればまた次だ」

「その未来は容易に想像つきますな」

「だからこうして出張《でば》ってきたのさ。今回はアンタとシャオリンと、ウチの殿下たちとで散々協議した結果シンに依頼することにしたんだろ？」

「そうです」

「今後、シンに依頼をするときはそういう段階を必ず踏むこと。商人個人がシンに取引を持ち掛けることはアタシが許さない」

「……」

「まあ、とは言ってもアタシはただのシンの祖母だ。本来ならそんなことを強制できる立場じゃないし権限もないのは分かってる。それでも、シンはアタシの孫だ。口は出させてもらうよ」

「は、はあ……」

「もし不服があるなら、刺客なりなんなり放てばいいさ。ただ、覚悟を持ってかかってくるんだね」

メリダはそう言うと、アーロンに向かって笑みを浮かべた。

「返り討ちにしてあげるさね」

そういうメリダの顔に浮かんでいるのは、凄惨《せいさん》な笑み。

その顔を見たアーロンは、心底震え上がった。

今や、世間で英雄といえばシンたちアルティメット・マジシャンズのことだ。

だが、旧《ふる》い英雄とはいえ、メリダはまだ現役なのだ。

そのことを、アーロンは心の底から思い知った。

「か、必ず徹底させます……」

そう答えるだけで精一杯だった。

そんなアーロンの返事に満足したのか、メリダは普通の笑みを浮かべた。

「頼んだよ」

その顔を見て、アーロンはようやくホッと息を吐いた。

そして、安堵からつい軽口が出てしまった。

「それにしても、相変わらずの孫バカでんな」

「ああ⁉」

「ひっ！」

言ってすぐにアーロンは後悔した。

あ、まだ言っていいタイミングじゃなかったと。

どんな罵声《ばせい》を浴びせられるのかと身構えたアーロンだったが、意外にもメリダからそんな言葉は出てこなかった。

「ふん。今のアタシは、どっちかといえば『ひ孫バカ』だね。あの子……シルバーは素直で可愛くて……アタシの宝物だからねえ」

それどころか、シン、シシリー夫婦と戯れているシルバーを見ながらなんとも優しい顔になっていた。

その表情を見たアーロンは、意外な思いを禁じえなかった。

「お師匠さんのそういう顔、初めて見ましたわ。シン君にも、アイツ……スレインにも厳しい顔して、見せてませんでしたから」

そのアーロンの言葉で、一瞬寂《さび》し気《げ》な表情を見せたメリダだが、すぐに表情を引き締めた。

「シンにだって、あの子にだって赤ん坊の頃は優しい顔はしてたさね。アンタが知らないだけさ」

「まあ、そう言われればそうですな」

「だからシルバーは、シンみたいな常識知らずな子じゃなくて、普通に育てたい。でも、あの子みたいにならないように自衛の手段は持たせてやりたい。それがアタシの今の一番の目標なのさ」

「……そうですな」

シンの耳を引っ張りシシリーに窘《たしな》められているシルバーを、複雑な気持ちを抱えながら、アーロンとメリダは二人並んで見ていた。

マーリンは、ずっと側にいたのだが、ずっと空気だった。

◆

『リーファン、気付いた？』

『はい、お嬢様』

シャオリンは、皆から離れたところでクワンロンの言葉でリーファンに話しかけた。

リーファンも、周りに聞かれたくない話であるとすぐに気付き、同じ言葉で返す。

そのリーファンの予想通り、シャオリンが話し出したのは周りに聞かれては少しマズイ内容だった。

『シン殿の使った付与文字。あれは……』

先ほど、シンが飛行艇に魔法を付与した際に用いた文字。

それを見たシャオリンとリーファンは、目を見開いた。

なぜその文字を知っているのか。

どうしても聞きたかったが、付与魔法自体を秘密と言われてしまえばそれ以上聞きようがない。

それでも、どうにかして聞き出したかった。

なぜなら……。

『あれは……我が国ではもう誰も使う者がいない古代文字に似ていた。それをなぜこの西側の国のシン殿が使えるのだ……』

『それは分かりませんが、今でも古代文字が付与されている魔道具は、今のものより格段に性能がいいですからね』

『ええ。なんとしても、その秘密を聞き出したいけど……』

シャオリンはそう言うと、シルバーと戯れているシンを見た。

『素直に秘密を教えてくれるかしら……』

『……どうでしょうか？』

その呟《つぶや》きは、リーファン以外には誰にも届かなかった。

第三章 いざ！東方世界へ

エルスで完成した飛行艇《ひこうてい》の試運転をした数日後、俺たちはまたエルスにやってきていた。

とうとうクワンロンへと向かうためである。

飛行艇に乗るのは、エルスの商人さんたちと、あとは交易《こうえき》をするために必要な通貨の為替《かわせ》レートを決めるための役人と、国交《こっこう》を結ぶための役人さんなのだが、知り合いがいた。

「いやあ、魔王さん、お久しぶりですなあ」

「はい。お久しぶりですねナバルさん」

そう、以前三国会談の際に会ったナバルさんだ。

俺の印象としては、会談後のお調子者な印象しかないのだが、以前もエルスの代表として三国会談に出たくらいのエリートだ。

今回、エルスとクワンロンの国交を結ぶための使者として当然のように選ばれていた。

「それにしても、またえらいもん作りましたな」

「まあ、依頼受けましたしね」

「ホンマに……直接交渉《こうしょう》でけへんのが残念ですわ」

「え？」

「あ、いや！　それにしても、アルティメット・マジシャンズの皆さん全員が同行されるのは、ちょっと意外でしたな」

「まあ、そうなんですけど……」

今回、クワンロンへ行くのは国交の樹立と交易。それと、シャオリンさんのお姉さんの治療のためだ。

であれば、本来ならシシリーと、万が一のために俺と、あとはエルスの用意する護衛《ごえい》だけでも十分なのだが、アルティメット・マジシャンズのメンバー全員もこの飛行艇に搭乗《とうじょう》していた。

「ちょっと、気になることがありまして……」

「気になること……でっか？」

「ええ、まあ杞憂で済めば問題ないことなんですけどね」

「はあ」

ナバルさんの質問に、俺はちょっと曖昧《あいまい》に答えた。

それはあくまで推測《すいそく》だし、問題なければそれでいいんだけど、どうしてもそうは思えない。

例の法令の発令から、もうすぐ二年経つ。

どうしても、その懸念《けねん》が頭から離れないのだ。

「まあ、俺たちのことは護衛の一部だとでも思っておいてください」

「こらまた、凄い護衛もあったもんで……」

ナバルさんを始めとした使節団《しせつだん》の皆さんは「これは心強いですな」などと言っているが、リラックスしている様子が窺える。

まあ、別に敵国に乗り込もうってわけじゃない。

今まで国交がなかった国との話し合いをしに行くのだ、そうそう危険などあるはずもない。

……と思う。

その辺りどうなんだろ？

まあ、エルスの商人たちが情報収集を怠《おこた》るとは思えない。

シャオリンさんやリーファンさん辺りから十分聞いているだろう。

それがあるからこんなにリラックスしてるんだろうな。

それにしても、これから空を飛ぶのに、そちらの恐怖はないんだろうか？

前世では飛行機嫌いっていう人も結構いたのに。

「いやあ、それにしても楽しみですな。試運転に乗せてもろてから、またこの飛行艇に乗るのが楽しみで」

「私は呼んでもらえませんでしたからな。皆さんの自慢話が羨《うらや》ましいて」

「そらもう、凄いでっせ。人生観変わりますわ」

なんか、そんな会話をしてた。

高所からの墜落《ついらく》の恐怖より、空を飛ぶことへの好奇心の方が勝ってる感じだ。

そんなもんなんだろうか？

ところで、操縦士の件だけど、結局二人がかりで飛ばすことにしたようだ。

交代要員も含めて、四人の操縦士が搭乗している。

これならまあ万が一操縦士になにかあっても墜落したりはしないだろう。

そうこうしているうちに、出発の時間となった。

今回も、誰も席には座らず、俺たち以外の使節団の皆さんは窓に張り付いている。

俺たちはまあ、空を飛ぶことには慣れてるしね。

「それでは、出発します」

操縦士さんのその言葉のあと、飛行艇はゆっくりと上昇していく。

前回乗った人も、今回が初めての人も、皆揃って感嘆《かんたん》の声をあげている。

やがてエルスの首都がジオラマくらいの大きさになったところで水平移動を開始。

そこでも歓声《かんせい》があがった。

「やれやれ、まるで子供だな」

はしゃぐエルス使節団を見て、オーグが溜《た》め息《いき》を吐《つ》いている。

「それはしょうがないでしょう。我々はともかく、皆さんは空を飛ぶことに慣れていないんですから」

「まあ、拙者たちもシン殿の力がなければ空は飛べないで御座るがな」

まあ、トールの言う通りだとは思うけどね、それでもはしゃぎすぎだと思う。

やっぱり、エルスの人はお調子者が多い気がするな。

「ところで、どれくらいでクワンロンに着くの？」

はしゃぐ使節団の人たちを見ていると、マリアがそんな質問をしてきた。

そう言われてもな。

初めて行く国なんだし、なんとも言えない。

そう思ってシャオリンさんを見るが、やはり首を横に振っていた。

「すみません。徒歩で一年かかったのは間違いないのですが、砂漠《さばく》でしたし。そうでないならもっと早く着くことができたかもしれません。それに、この飛行艇がどれくらいの速度で飛んでいるかも分かりませんので……」

そらそうだよな。

砂漠なんて、普通の平原と比べて歩きにくいだろうし、時間がかかるのも当然だ。

距離も分からないし、この飛行艇には速度計がついていない。

まあ、飛行艇の速度計なんてどうやって作ればいいのか分からなかっただけなんだけどね。

それにしても、歩いて一年かかる砂漠とか……。

普通の人には絶対踏破《とうは》なんてできないよな。

異空間収納に食料が大量に収められるのと、魔法で水が作れるからできることだ。

それができない人には、この砂漠は本当に世界の終わりなんだろうな。

でも、こんな広い砂漠、いつできたんだろうか？

歴史の授業でも、昔からとしか教えてもらってないしな。

やがて飛行艇は、エルスの東側にある山脈の上空に差し掛かった。

そして、その上を呆気《あっけ》なく素通りする。

「おお……あの山脈をこんな簡単に……」

「……私たちは、この山脈を越えるのに一ヶ月近くかかったんですけどね……」

感嘆の声をあげる使節団の人に対して、シャオリンさんの言葉には若干《じゃっかん》の自嘲《じちょう》が感じられる。

自分が命がけで越えてきたところを、こんな簡単に越えられたらそう言いたくなる気持ちも分かるけどね。

やがて山脈を越えると、見えてきたのは地平線まで続く大砂漠だ。

「ふーん、砂漠地帯って言っても砂丘《さきゅう》じゃないんだな」

砂漠地帯を見た俺は、思わずそんなことを口走った。

「さきゅう？　ってなんですか？」

それを聞いたシシリーが俺に質問してきた。

「えーっと、なんていうか、海辺の砂浜みたいに細かい砂が丘みたいになってる感じかと思ってさ」

「ああ、だから砂丘なんですね」

「そう」

「そういう砂漠もあるにはあるがな、ここまで規模の大きいものではないぞ」

シシリーとそんな話をしているとオーグが会話に入っていた。

「そうなの？」

「ああ、この砂漠は有史以来ずっとあるものでな。いつ、なんの理由でこんな大地になったのか、誰も知らんのだ」

「へえ」

「まあ、眉唾《まゆつば》な噂ならあるけどねえ」

そこにトニーも入ってきた。

「どんな？」

「なんでも、前文明っていうのがあって、その戦争の跡地だとか」

「前文明？」

「なんでも、高度な魔道具を製作することができてたらしいよ。その魔道具の行きついた先が前文明の崩壊とこの砂漠地帯なんだってさ」

「え、でも、そんなの授業でやらなかったよな？」

そんな話は初耳だぞ？

俺が疑問の声をあげると、マークも呆《あき》れながら会話に入ってきた。

「当たり前ッスよ。高度な魔道具を使う前文明とかゴシップの類《たぐ》いの話ッスよ？　っていうか、トニーさんそういう本読むんスね」

「いやあ、割と好きなんだよね、そういう話」

「でも、行きすぎた魔道具で世界が滅ぶって……」

マークにくっ付いてきたのか、オリビアが不安そうな顔をしている。

どうした？

「ウォルフォード君、お願いですから、そういうの作らないでくださいね？」

「だから……作らないって……」

「ホントですか⁉　私、今でも時々夢に見るんですけど！　あの……ウォルフォード君がシュトロームに最後に放った魔法！」

「あー……そりゃ申し訳ない」

「ホントっすよ。オリビア、時々夜中に叫んで起きることあるんスよ？」

「……マークの安眠を妨害してスマン」

「ちょっ！　マーク！　そんなこと言ったら……」

「あ……」

普段の二人を想像させるような会話にオリビアが真っ赤になってる。

マークは無意識だな、コレ。

ここもうすぐ結婚するらしいし、相変わらず仲がよさそうで結構だ。

「あ、あの……ち、違うんです！」

だというのに、オリビアは赤くなって必死に弁解しようとしてる。

なんで？

「いやいや、別に今更だろ？　もうすぐ結婚するんだし。っていうか、もう一緒に住んでるの？」

「違いますよ！　時々マークのウチに泊まったときに……あ……」

また自爆したな。

頭から煙出そうなくらい真っ赤になって俯《うつむ》いてるよ。

「だから、別に今更だろ？　マークとオリビアがそういう関係なんだってことは皆知ってるよ」

「そ、そうですけど！」

「それに、ウチも一緒に寝てるぞ？」

「シ、シン君！」

「……あ」

しまった。あまりにもオリビアが自分の発言を恥ずかしがっているから、気にするなという思いでつい自分たちのことを話してしまった。

「えーっと、その……ゴメン」

「もう……」

うっかり自分たちのことをバラされてしまったシシリーも顔を真っ赤にしている。

うあ……こういうのバレるとメッチャ恥ずかしいな。

俺自身、顔が赤くなっていることを自覚しながら皆を見ると、ジト目をした女性陣に睨《にら》まれた。

「くっそ……このリア充どもが……」

「そういう話は、既婚者だけのときにしてほしいよねえ」

「羨ましいわぁ」

「私はいい。魔法が使えなくなると困る」

マリアは憤怒《ふんど》の表情を浮かべているし、アリスは不貞腐《ふてくさ》れた表情だし、ユーリは溜め息を吐いている。

そんな中、リンの言葉が気になった。

「魔法が使えないって？」

「ウォルフォード君知らないの？　女性は妊娠初期、魔法が使えなくなる」

「え？　そうなの？」

「子供にも魔力が伝わるから魔力が安定しなくなる。妊娠後期の安定期になればまた使える」

「そうなのか」

知らなかった。

あ。

「だからオーグは子作りを待てって言ったのか」

「そうだが……お前、そういうことを皆の前で言うな」

「え？　あ……」

やば。

子作りしようとしてたことと、それをオーグに止められたことを、皆の前で喋っちゃった。

しまったと思いつつ、シシリーの顔を見てみると……。

「あうう……」

さっきのオリビアにも負けないくらい、真っ赤な顔で俯いていた。

あちゃ……。

「つだからっ！　そういう話はよそでやれって言ってんでしょうがあっ!!」

ついでに、マリアの怒りの炎にも再点火してしまった。

……ゴメン。

そんなこんなで、道中はずっとバカな話をしたり、使節団の人たちと世間話をしたりしていた。

というのも、この世界の魔物に飛行型のものはほとんどいない。

魔物とは、動物が魔力を取り込みすぎたりして制御不能に陥《おちい》り変化するもの。

魔力はこの世界の大気中に普通に存在しているが、人気のない場所や空気の淀《よど》んでいる場所に溜まりやすい性質もある。

そういう場所に長くいると、魔力を取り込みすぎたりするのだ。

だから魔物は、人のあまり立ち入らない森の奥などに多く存在する。

これを踏まえると、空を自由に飛び回れる鳥類などは一ヶ所に長く滞在するということがあまりない。

なので、空を飛ぶ魔物などはあまりいないのだ。

ドラゴンもいないしね、この世界。

というわけで、飛行艇が空を飛んでいても魔物と遭遇《そうぐう》したりしないので、フライトは順調そのもの。

世間話くらいしかすることがないのだ。

あまりに暇すぎて寝てる人もいるし。

そうしてしばらく砂漠地帯を進んでいるのだが、一向に終わりが見えない。

朝エルスを出発したのに、もう日が落ちそうだ。

「すみません。夜間の飛行は危険なので、どこかで着陸したいのですが……」

地平線の向こうに太陽が沈みそうになった頃、操縦士の一人がそう言った。

進路自体はコンパスに従って飛行しているが、真っ暗闇の中では万が一の可能性もあるからだろう。

どこかに着陸して野営《やえい》したいと提言があった。

その意見に反対があるわけでもなく、飛行艇は砂漠のど真ん中に着陸した。

「んーっ！　はあ……なんか、久々に固い地面踏んだな」

大体、時間にして八時間くらいか？

ずっと乗り物の中にいたのと、空を飛んでいたので地面の安心感が半端《はんぱ》ない。

空を飛ぶのには慣れてるはずなんだけど、こういう感覚はしょうがない。

「お、おお？　ちょっとフラフラしまんな」

「なんか、不思議な感覚ですわ」

ナバルさんを始めとした使節団の人たちも、初めての感覚に戸惑っているな。

「今からテントを張りますので、少々お待ちください」

皆がフラフラしている中で、エルスの用意した護衛の人たちが野営の準備に入った。

護衛のうち、異空間収納が使える魔法使いの人が、野営用のテントを次々と取り出す。

それを、手際よく組み上げていく。

俺たちは、基本的に野営をしないので、魔人領攻略作戦のときといい、こういった面では全く役に立たない。

だって、ゲートで家に帰れるんだもの。

そんな役立たずな俺たちは、その道のプロである護衛の人たちが整えてくれているのを、ただ見つめていた。

のだが、そのときシシリーが、おずおずと声をあげた。

「あの……シルバーのこと、お婆様《ばあさま》に預けたままなので少し戻りたいのですが……」

「そういえばそうだな。一度家に帰るか」

「はい！」

「オーグ、悪いけどちょっと家に帰ってシルバーの様子だけ見てくるわ」

「分かった。夕飯はどうする？」

「一応親睦を深める意味もあるからな。こっちで食うよ」

「了解した」

そんな会話をしたあと、俺は自宅にゲートを開いた。

そういえば、シャオリンさんの前でゲートを開くのは初めてだったな。

突然現れたゲートに、リーファンさん共々あんぐりと口を開けていた。

エルス使節団の人たちはあまり驚いていなかった。

オーグのゲートを見たことがあるんだろうか？

それはさておき、シルバーの様子が気になった俺とシシリーは、すぐにゲートを潜《くぐ》ったのだが……。

「まぁまぁー!!　ぱぁぱぁー!!」

潜った途端聞こえてきたのは、シルバーの凄絶《せいぜつ》な泣き声だった。

「おおよしよし、シルバー、泣き止んでおくれ」

「あああ、どうすればいいんじゃ……」

ばあちゃんと爺さんが必死にあやしているけど、効果が見られないようで一向に泣き止まない。

俺たち以上にばあちゃんに懐《なつ》いていると思っていたのに、どうしたんだこれ？

「ちょ、ちょっと。ばあちゃん、どうしたの⁉」

「なにかあったんですか⁉」

「ああ！　いいところに帰ってきた！　ほらシルバー、パパとママだよ！」

ばあちゃんに声をかけると、珍しく焦《あせ》っていたばあちゃんがあからさまにホッとした顔をしてシルバーに話しかけた。

「う？」

泣き叫んでいたシルバーが俺とシシリーを見た。

すると。

「まぁまー‼」

そう言ってこちらに手を伸ばした。

シルバーに呼ばれたシシリーは、慌《あわ》ててシルバーのもとに駆け付けた。

「はい、ママですよ。どうしたの？」

そう言ってばあちゃんからシルバーを受け取ると、シルバーはシシリーにガシッとしがみついた。

「うぅ……」

「どうしたの？　シルバー」

「むぅ」

ようやく泣き止んだけど、シルバーはシシリーの胸に顔を埋めて唸《うな》っている。

「ばあちゃん、なにがあったの？」

そう訊《たず》ねると、ばあちゃんは今まで見たことがないくらい疲れ切った顔をして呟《つぶや》いた。

「はぁ……まったく参ったよ……」

そんな疲れた様子のばあちゃんに代わり、爺さんが答えてくれた。

「ほれ、いつもだったら二人とも家におる時間じゃろ。それでも帰ってこんもんじゃからシルバーが寂《さび》しがっての」

「アタシらがいくら宥《なだ》めても泣き止みやしない。ホントに参ったよ」

「あー、それでか」

シルバーのあれは、拗《す》ねてるのか。

「おーい、シルバー」

とりあえず、シルバーのご機嫌を伺おうと、シシリーに抱かれているシルバーに声をかける。

すると、一旦俺の顔を見るが……。

「ぷい」

と言って再びシシリーの胸に顔を埋めてしまった。

「こーら。なに拗ねてんだ？」

「むー！」

シシリーの腕の中から強引にシルバーを抱きあげると、見たことがないくらいの膨《ふく》れっ面《つら》をしていた。

その様子がおかしくて、ついプッと噴き出してしまった。

それが気に食わなかったのか、腕に抱くと俺の胸をポカポカと叩いてきた。

「お、どうしたどうした？　シルバー、痛いよ？」

「むー！」

「こら、パパを叩いたらダメでしょ」

「うー！」

シシリーが宥めるも、シルバーのご機嫌は治らない。

どうしようかとシシリーと顔を見合わせていると、ばあちゃんからある提案があった。

「アンタたち、悪いけどシルバーも連れて行ってやってくれないかい？」

「「え？」」

「今回は別に戦いに行くわけじゃないんだ。子供の一人くらい連れて行ってもいいだろう？」

「そりゃまあ、そういう意味では問題ないけど……一応正式な国の使節団だよ？　子連れで行くってのはちょっと……」

「会談なりなんなりに参加するときには、またこっちに戻してくれればいいから。このままだとご飯も食べないかもしれないからねえ……」

「「……」」

ばあちゃんのその言葉に、俺とシシリーは顔を見合わせた。

「どう……と言われても……」

「……どうする？」

さすがに……いわば国際会議に赴《おもむ》こうって一行ですよ？

そこに自分の子が泣き止まないからって連れて行くのは……。

「……とりあえず、一回聞いてみようか？」

「そう、ですね」

「頼むよ」

本当に珍しく、ばあちゃんの弱気な声を聞いた。

っていうか、初めて聞いたわ。

ばあちゃんにそんな声を出させるなんて、シルバー、恐ろしい子……！

というわけで、開きっ放しだったゲートを再度潜って皆の所へと戻った。

「あー……ただいま」

「ん？　戻った……シルバー？」

声をかけると、いち早く気付いたオーグが声をかけてきたが、俺が抱いているシルバーを見て怪訝《けげん》な声をあげた。

「あい！」

知ってるお兄ちゃんに声をかけてもらったと思ったのだろう、シルバーが元気に返事をした。

「あの……戻ったらシルバーが凄く泣いてまして……その原因がその……私たちがいなかったからだって言われて……」

「……それで連れてきたのか」

「あのばあちゃんが参っててさ……そっちで面倒見てくれって言うもんだから……」

「メリダ殿を参らせたのか⁉　それはそれで凄いな……」

「国交樹立と交易のための使節団じゃん、これ。さすがに連れてけないって言ったんだけど、聞くだけ聞いてみてくれって言われてさ」

「むう……本来なら子連れでの参加など認められないのだが、メリダ殿の頼みか……」

いつも冷静な判断をするオーグが困ってる。

それほどにばあちゃんが怖いか……。

「とりあえず、エルスの使節団にも聞いてみよう」

オーグはそう言うと、夕飯ができるまでくつろいでいるエルス使節団の方へと歩いて行った。

当然、お願いする立場である俺たちも一緒に行く。

そして、使節団の団長でもあるナバルさんに話しかけた。

「ナバル外交官、少しよろしいか？」

「ん？　どないしたんでっか？　殿下《でんか》。お？　魔王さんに聖女さんも」

「いや、実はな……」

「おお！　その子が噂の『奇跡の子』でっか？」

シルバーは、エルスでも有名らしい。

ナバルさんのその言葉に、使節団の他の人たちも集まってきた。

「ほう、これはまた可愛らしいでんな」

「ホンマに。これは将来、女泣かせになりよんで」

「で？　話ってなんですの？」

「……実はな」

エルスの人たちが口々にシルバーを褒《ほ》めるのでちょっと上機嫌になっていると、オーグが事情を説明しだした。

さすがに断られるだろうなと思っていると、返ってきた答えは意外なものだった。

「導師様からの頼みごとやて⁉　そんなん、承《うけたまわ》るに決まってますがな‼」

「あれ？」

二つ返事で了承？

え？　なんで？

「導師様といえば当然のことながら英雄のお一人ですやろ？　しかも、ウチの大統領の師匠ときとる。そんな人のお願いを無下《むげ》にできますかいな！」

そうなのか。

それにしても、ばあちゃんの影響力って凄いな。

でもまあ、エルスの人からしたら当然なのかな？

民衆に生活用魔道具を広めた人だし、商売上の英雄としても崇《あが》められてるのかも。

そう思っていたんだけど……。

「……大統領から、よう話は聞かされとりますからな……導師様だけには絶対逆らったらアカンって……」

……崇められてるんじゃなくて、恐れられてたよ……。

急遽《きゅうきょ》、シルバーも参加となった今回のクワンロン訪問。

今はその道中で野営中なのだが、初めての野営にシルバーのテンションがヤバイ。

「きゃー！」

もうすぐ二歳ということで、ダッシュはできないまでもよちよち歩きであちこち歩きまわるので、ひと時も目を離せない。

とくに焚火《たきび》のそばには絶対に一人では行かせられない。

使節団の人たちも協力してくれて、休むはずの野営なのに全然休めてない。

「すみません……ゆっくり休んでもらわないといけないのに……」

申し訳なさでいっぱいだった。

だが、使節団の人たちは気にするなと言ってくれた。

「道中、身体動かさんとジッとしとったからな。丁度《ちょうど》エエ運動になるわ」

とナバルさんも笑いながら言ってくれた。

それにしても……オーグから、三国会談のときは結構無茶な要求をされたと聞いていたけど、会談のあとの態度とか今の言動からは、そんな風には見えない。

商人さんだから、色んな顔を使い分けてるんだろうか？

そんな話をナバルさんたちとしていると、シシリーが野営地中を動き回っていたシルバーを捕まえた。

「ほらシルバー、そろそろお風呂に入りますよ」

「や！」

「嫌じゃありません！　行きますよ！」

「うー」

そろそろお風呂に入れて寝かしつける時間か。

いつもなら、夕飯を食べ終わったあとにお風呂に入れて、しばらくしたら自然と寝てしまう。

お風呂も、俺が入れたりシシリーが入れたり一緒に入ったりするのだが、今までシルバーがお風呂の誘いを断ったことなどない。

今日は、普段と違う野営という珍しいシチュエーションなので、テンションが中々下がらないんだろう。

もっと遊びたいと、シシリーの腕の中から抜け出そうともがいている。

「あはは、かーわいー。ねえ、シルバーくん、おねえちゃんたちと一緒に入ろ？」

普段夜まではシルバーと一緒にいないアリスが、一緒にお風呂に入ろうと誘っている。

他の女性陣も興味津々《きょうみしんしん》だ。

シルバーは、しばらくアリスの顔を見ていたが、今まで一緒にお風呂に入ったことがない人とお風呂に入ることに興味を惹かれたのかコクリと頷《うなず》いた。

「よーし、じゃあ今日は、ママの代わりにマリアおねえちゃんが洗ってあげるぞ！」

「おねえちゃん？」

「おばちゃんなんて言わせるか！」

卒業式でも言ったけど、両親の友達はおじちゃんとおばちゃんなのでは……。

実際、オーグは「おーちゃ」って、アーロンさんと同じ「おじちゃん」って呼ばれてたしな。

王太子《おうたいし》をおじちゃん呼ばわりって……。

あ、でも、俺もディスおじさんのことおじさんって呼んでるわ。国王なのに。

シルバーも、将来俺と同じような感じになるのだろうか？

……まあいいか、オーグだし。

結局、女性陣皆でお風呂に入るらしく、野営用のお風呂用テントにゾロゾロと入って行った。

そのあとに男性陣が入るということになっているので、まとめて一度にということでシャオリンさんも同行している。

当然、リーファンさんが残った。

「いやはや、騒がしくてすみません」

「いや。元気な子だな」

「はは、元気すぎて困ってます」

そういえば、リーファンさんと二人で話すのは初めてだな。

ちょっと緊張してしまう。

なので、とりあえず無難な話題で話しかけてみた。

「そういえば、リーファンさん、ご結婚は？」

「いや。俺はミン家に拾われた身だ。俺の命はミン家に捧げている。結婚などするつもりはない」

「そうなんですか」

……。

か、会話が続かない……。

あ、でも、シャオリンさんとは一年も一緒に旅を続けていたし、その後もずっと一緒にいた。

そういう関係ではないのか？

「あの、シャオリンさんとは……」

「あの方は俺の主君だ。ミン家に拾われたと言ったが、実際はシャオリンお嬢様に拾われたのだ。その恩に報《むく》いるだけであり、邪《よこしま》な感情など持ち合わせていない」

「邪って……」

まあ、主と従者の恋って、なんか障害とか多そうだけどね。

話的には盛り上がりそうなのになあ。

「ところでシン殿」

「はい？」

シャオリンさんとリーファンさんの関係を考えていると、不意にリーファンさんから話しかけられた。

「少し聞きたいことがあるのだが……」

「なんですか？」

「その……」

ん？　リーファンさんが言い淀んでる。

武人気質なリーファンさんは、割とハッキリものを言う人だと思っていただけに、こうして言い淀んでいる姿は珍しく感じてしまう。

そんなに聞きづらいことなんだろうか？

「……さっきは秘密だと言っていたのだが、付与《ふよ》魔法のことだ」

「ああ……」

俺が秘密だって言ったから言い出せなかったのね。

それにしても、わざわざその秘密を知るためにしては随分《ずいぶん》とストレートに聞いてきたな。

普通、コッソリ探ったりするもんなんじゃないの？

とはいえ、俺の答えは一つだ。

「すみませんが、それは秘密で……」

「俺が聞きたいのは、付与の方法ではない」

「え？」

「使用していた文字についてだ」

「文字……ですか、それは、俺のオリジナルで……」

「本当にそうか？」

「え？」

「あの文字は、本当にシン殿のオリジナルの文字なのかと聞いている」

「え、その……」

「なんだ？　なんの話をしている？」

俺がリーファンさんの質問に戸惑ってしまったとき、オーグが会話に入ってきた。

た、たすか……。

「王太子殿か。貴殿にも伺いたい。シン殿が使っている魔法付与の文字に心当たりはないか？」

ちょ、オーグにまでその質問をするのかよ！

リーファンさんの質問を受けたオーグは、何を言っているのかという感じで眉を顰《ひそ》めながら答えた。

「あれはシンが独自に開発した文字だ。故にシンにしか意味は理解できないし他の者には使えん」

それは、俺が今まで周りに話していた内容そのまま。

文字の意味を自分で理解していないと魔法は付与できない。

あれは俺が独自に作った文字だから、他の人には使えないんだと、そう言っていた。

だが、リーファンさんは納得しなかった。

「そういう認識か……」

「？　どういうことだ？」

そのリーファンさんの言葉に、オーグが食いついた。

え？

どういうことだ？

リーファンさんはなにか知ってるのか？

も、もしかして……この人も転生……。

オーグの問いに答えず、しばらく考え込んでいたリーファンさんだが、やがて顔をあげてオーグを見た。

「俺の一存では話すことができない。シャオリンお嬢様が入浴を終えられたら、そのときに話そうと思う」

「ふむ、どうにも気になるが……まあいい、話してはくれるのだな？」

「もちろんだ」

リーファンさんはそう言うと、俺を見て言った。

「あれは……危険なものだからな」

女性陣がお風呂から出てきたあと、俺たちも続いてお風呂に入った。

いつもならわいわいと騒がしく入るのだけど、このあとに控《ひか》えていることを考えると気分が重い。

女性陣と入れ違いでお風呂に入る際、リーファンさんがシャオリンさんにさっきのことを話し、風呂あがりにさっきの話の続きをすることに決まってしまったからだ。

シャオリンさんは、リーファンさんの言葉を聞いた際、少し驚いたような表情をしたあと、決意を込めた表情で俺を見てきた。

その際に二人で話していた言葉は聞き取れなかったので、あれがクワンロンの言葉なのだろう。

なので、なにをどういう風に伝えたのかも分かっていない。

はあ……一体なにを聞かれるんだろうな。

もしかしたら、リーファンさんも転生者で、前世の言葉を使うのはズルいとか卑怯《ひきょう》だとか言われるんだろうか？

憂鬱《ゆううつ》だけど、いつまでもグダグダと風呂に入っていても仕方がない。

俺は覚悟を決め、風呂からあがった。

風呂からあがり、俺、オーグ、リーファンさんでシャオリンさんを呼び出す。

すると、一体なにごとかとゾロゾロと他の皆まで付いてきてしまった。

その中にはシシリーもいる。

「あれ？　シルバーは？」

「もう眠ってますよ。それより、シャオリンさんとリーファンさんがシン君に話があるって聞いたんですけど」

「シャオリンさん？」

「あ、す、すみません……リーファンとの会話を問い質されて、ついシン殿に確認したいことがあるって言ってしまって」

「そう、ですか」

「なんの話か気になってしまって……私たちも聞いてはいけませんか？」

はあ……マジか？

え？　もしかして、皆の前で告白しないといけない流れになっちゃうの？

どうしよ……。

そう思ってリーファンさんを見ると、リーファンさんは腕を組んだまま表情を変えずに言った。

「別に構わない。できれば、皆さんの意見も聞きたいしな」

退路《たいろ》を断《た》たれた。

これは、皆の前で前世の記憶とか言わないといけない流れだ。

はあ……これ話しちゃったらどうなるんだろ……。

皆に白い目で見られたりするのかな？

……やだなあ。

俺のそんな思いとは別に、話はどんどん進んでいって、結局女子だけでなく男子も一緒にシャオリンさんたちの話を聞くことになった。

集まったのは、男性用のテント。

出してあったベッドを一旦異空間収納にしまって、円になって座った。

ちなみに、万が一のためにシルバーの寝ているベッドもこのテントに運び込んである。

そして、皆が座ってからシャオリンさんが話し出した。

「シン殿には時間を取らせて申し訳ありません。実は、どうしても確認しておかなければいけないことがありまして」

「……文字、のことだとか？」

「はい。そうです。単刀直入に聞きます。シン殿、あの文字はシン殿のオリジナルだと聞きましたが、間違いないですか？」

「そう、です」

シャオリンさんの質問に、俺は最後の足掻《あが》きとして嘘《うそ》を言った。

「そうですか……ただ、そうなると、どうしても腑《ふ》に落ちないことがあるのです」

「腑に落ちない？」

シャオリンさんの言葉に、オーグが反応した。

「はい。というのも、あのシン殿の用いた文字は……」

そこで一旦言葉を切り、シャオリンさんは俺を見た。

「私たちが、以前に見たことがある文字だったからです」

『え!?』

皆と一緒に、俺まで叫んじゃったよ。

え？　漢字がこの世界にあるの？

「ちょっと待て、あれはシンのオリジナルではないのか？」

「そ、そのはずだけど……」

「ならばなぜ……」

「そう、それが疑問なのです」

オーグが問い詰めようとしたところを、シャオリンさんが引き継いだ。

なぜ、書物にも載っていない文字を、俺が知っていたのかと。

ここにきて俺も混乱してきた。

そんな偶然があるか？

この星は地球じゃない。

それは星座が違うことから確定だ。

星座が違うということは、仮に同じ宇宙だったとしても座標が違うからだ。

確かに、この星は生態系が地球に酷似《こくじ》してる。

ひょっとしたら、人間が住める星というのは同じような進化を辿るのかもしれない。

けど、文化まではどうなんだろう。

地球でも、地域が違うだけで言葉も文字も違う。

それが星単位で違うのに文字が一緒だった？

そんな混乱している俺に、シャオリンさんは続けて言葉を放つ。

「シン殿が用いた文字は、今はもう使われていません。古語《こご》と呼ばれるものです」

「今は使われていない？」

「ええ。しかも、それが文字だということは分かるのですが、意味までは解明されていないのです」

それが漢字ってことか。

俺はそういう感想を持っただけだったけど、オーグは違った。

「なっ⁉　解明されていないだと⁉」

「お、おい、オーグ、どうした？」

「どうしたもこうしたもあるか！　いいか？　我が国でも古い言葉はニュアンスが伝わりにくいから古語などと呼ばれているのは知っているな？」

「ああ、あれな。正直、あれって授業でやる意味あんのか？」

「そういう話じゃない。今は使われていない古語とはいえ、なにが書かれているかは分かる。なぜだか分かるか？」

「そりゃお前、言葉が急に変わったわけじゃないんだから、徐々に変わっていけば前の言葉の意味くらい分かるだろ」

「そうだ。だが、解明されていないということは……」

「あ……」

そういうことか。

「歴史が繋がっていない。つまり……」

オーグはそう言うと、驚愕の目でシャオリンさんを見た。

「はい。今日、あなた方が飛行艇内で話していたことです。私たちの文明が始まる前に、前文明があったのではないかと」

「まさか……」

シャオリンさんの言葉に、オーグは呆然《ぼうぜん》としたように呟いた。

「前文明は……本当にあったのか⁉」

その言葉にチーム全員が驚いた。

まさか、今日の昼間にゴシップの類いだと思って話していたことが本当だったなんて、夢にも思わなかった。

「私たちの国では、時々非情に古い遺跡が発掘されます。それは、どう見ても私たちが知る歴史よりも古い時代のもの。そして、そんな遺跡の中に……」

「言わなくても分かる。つまり、シンが使っていた文字が書かれていたと」

「その通りです」

これはまさしく衝撃的だ。

まさかそんな話だとは思ってもみなかった。

なんというか、歴史ロマンにあふれる話ではある。

けど……。

「なあオーグ、幻の前文明があったかもしれないってのは分かったけどさ、なんでそんな深刻そうな顔してんだよ」

「お前……今日の会話を忘れたのか?」

「今日の会話?」

「……この砂漠についてだ」

「砂漠……」

『なんでも、前文明っていうのがあって、その戦争の跡地だとか』

『前文明?』

『なんでも、高度な魔道具を製作することができてたらしいよ。その魔道具の行きついた先が前文明の崩壊とこの砂漠地帯なんだってさ』

「あ」

「ようやく理解したか」

「あ、ああ」

シャオリンさんが真剣な顔をしていた理由、それは……。

「前文明は、非常に高度な魔道具製作の技術を持っていました。それはすでに立証されています」

「立証？」

「これを見てください」

シャオリンさんがそう言って懐から取り出したもの。

それは……。

「……！」

思わず大きな声を出しかけたけど、どうにかこらえた。

だって、それは。

どう見ても銃だったから。

「これは武器です。一年に及ぶ長い旅程。リーファンだけでは対処しきれない場面も当然ありました。ですが、これのお陰で私は危機を脱することができました。付いてきてください」

シャオリンさんはそういうと、立ち上がってテントから出た。

寝ずの番をしている護衛の人たちが、何ごとかとこちらを見ている。

「これは、このように使います」

シャオリンさんはそんなこと気にもせず、近くにあった岩に銃口を向け、引き金を引いた。

すると、その銃口からレーザーのようなものが発射され、岩を貫通した。

その光景に、護衛の人だけじゃなく、皆も呆然としていた。

「このように、敵を攻撃することができます。そしてこれは……」

「……遺跡から出土したもの……」

「そうです。もちろん、こうした遺跡の出土品は高価なものですが、割と出土します。それこそ私が手に入れられるくらいには」

つまり、これは量産品だったってことだ。

ということは……。

「国として見た場合、当然あるでしょうね、これ以上の武器が。それこそ……」

シャオリンさんはそう言って周囲を見渡した。

「この砂漠が生まれてしまうほどに強力な兵器が」

『……』

沈黙が痛い。

「そこで最初の話に戻ります。遺跡からは、シン殿が使っていた文字が見つかっている。そして、おそらくこの魔道具にもそれと同じ文字が使われている」

そう言ってシャオリンさんは俺をじっと見た。

ああ、ここまでくれば言いたいことは分かる。

「つまり、俺がその兵器を作れるんじゃないか……って言いたいわけか」

「はい。本来の依頼とは全く関係のない話で本当に申し訳ないのですが……知ってしまった以上はどうしても確認したいのです。シン殿、あなたは……」

少し、言うか言わないか逡巡《しゅんじゅん》したシャオリンさんだったが、結局口を開いた。

「この世界を滅ぼすほどの兵器を作れますか？」

そう言うシャオリンさんの言葉は、真剣そのものだった。

俺をじっと見るシャオリンさん。

その真剣な様子に、俺は目を逸《そ》らさずに言った。

「作れますよ」

そう言った瞬間、シャオリンさんとリーファンさんだけでなく、チームの皆にも緊張が走ったのが分かった。

「あ、あなたは……」

「けど、作りません」

「……え？」

シャオリンさんがなにかを言いかけたけど、俺はそれを制してそんな兵器は作らないことを明言した。

「それを作ったとして、どうするんですか？　どこで使うんですか？」

「そ、それは……クワンロンを征服しにきたりとか、世界征服とか……」

そんなことを言うシャオリンさんに、心底呆れてしまった。

「はあ……」

「え？　溜め息？」

「なんで皆さん、力があるとすぐに世界征服したがるんですかね？」

「そ、それは……定番というか」

「以前にも、それこそ今回同行してるナバルさんに聞かれたことがありますけど、そんな面倒臭いこと絶対しませんよ」

「め、面倒？」

「だってそうでしょう？　今の俺は、シシリーっていう最高の奥さんがいて、シルバーっていう超可愛い息子がいて、じいちゃんばあちゃんがいて、アルティメット・マジシャンズの皆がいて、ウォルフォード商会が順調だから経済的にも満足してる。一体どこに不満が？」

「こうやって聞いてみると、シン殿って凄いリア充ですよね」

「その言葉の概念って、クワンロンにもあるんですか？」

「ありますよ。恋人がいたり、友達が多かったり、仕事が順調だったり、リアルが充実している人は、そうでない人から嫉妬《しっと》の対象になりますからね。シン殿なんて究極のリア充じゃないですか！　羨ましい！」

「シャオリンさん⁉」

「私だって、私だって恋人の一人や二人欲しいですよ！」

「二人はマズイんじゃ……」

「家はそこそこお金持ってるんですから、あとは恋人だけなんですよ！　なのに、なんでこんなことしてるんですかね⁉」

「知りませんよ！　ちょっと落ち着いてください！」

「はっ！」

なんか、恋人のくだりから急にシャオリンさんが暴走し始めた。

え、やっぱりリーファンさんは恋愛の対象外なの？

そう思ってリーファンさんを見てみると、ちょっと驚いた顔はしてるけど特に気にしてないっぽい。

むー。

「と、とにかくですね。俺は世界征服なんて面倒臭いことしたくありませんし、家族が危険に巻き込まれるようなこともするつもりはありません」

「そう、ですか」

「とりあえず、これでシャオリンさんたちが懸念しているようなことは起こらないと理解して頂けますか？」

「そうですね。それで納得するしかないですよね」

「そこはもう、信用してくださいとしか言いようがありませんけどね」

こればっかりは、俺のことを信用してくれとしか言いようがない。

一応、行動に起こさない理由は話したと思うから、大丈夫だと思うんだけどな。

「それでは、これで話は終わりですか？」

「あ、いえ。そもそもの話が終わっていません」

「……そういえばそうですね」

すっかり忘れていた。

途中から、前文明だの、世界を滅ぼせる兵器だのの話になったからなあ。

「そもそもです、なぜシン殿が前文明の文字を知っているのですか？　偶然にしてはあまりにも文字が似すぎています」

「それは……」

これはなんと答えたらいい？

そもそも、俺はこの世界には漢字など存在していないと思って付与魔法に漢字を使っていた。

実際、クワンロンで使われている文字は、シャオリンさんに呪符《じゅふ》を見せてもらったときにも感じたが、ホントに初期の象形文字《しょうけいもじ》みたいだった。

それなのに、今は存在しない前文明で使われていたと言われても、答えようがない。

「……正直言って、分かりません」

俺もかなり混乱しているので、一応今の気持ちを正直に答えた。

嘘は、言っていない。

本当のことを言っていないだけ。

「それで納得できると思いますか？」

「そう言われても、自分の頭の中に浮かんできたとしか言えませんよ」

……今、嘘を吐いた。

正直、いい気分じゃない。

皆を騙しているのだから。

だけど、こればっかりは正直に言うわけにはいかない。

言えばさらに混乱させる。

……いや、言い訳だな。

皆に嫌われたくない。

その思いが強かった。

しばらく沈黙が続くと、それを打ち払ったのは意外な人物だった。

「これはあれじゃないかなあ」

「トニー？」

沈黙を破って、トニーが話し出した。

「もしかしたらだけど、シンには前世の記憶があるんじゃないかな？」

「!!」

あまりに核心を突いたセリフに、俺は言葉を失った。

なぜ？

なんでその結論に辿り着いた？

そんな俺の混乱をよそに、トニーは言葉を続けた。

「ほら、創神教《そうしんきょう》の教えにもあるじゃない。善行を積めば神様のもとに導かれて、もう一度人間に生まれ変わることができるって」

「そうだな」

「それなら、クワンロンで広まっている宗教でも同じ教えですよ」

オーグとシャオリンさんがトニーの言葉に同意した。

宗教って、世界が変わっても大体同じ教えに行きつくんだな。

同意を得たトニーは、さらに言葉を続けた。

「うん、だからさ、シンの前世は前文明の人間で、生まれ変わっても漠然とその記憶が残ってるとかじゃないかい？」

トニーがそう言ったあと、辺りは再び沈黙に包まれた。

……空気が重い……。

その空気にしばらく耐えていると、シャオリンさんがはあっと息を吐いた。

「正直、一体なにをと言いたいところですが……ひょっとしたらそれが一番正解に近いのかもしれませんね」

「え？」

「これはゴシップの話ですが、前世の記憶を持っているという人間は、我が国にも一定数います」

「え？」

「だよねえ、ウチの国にもいるよ」

俺、さっきから「え？」しか言ってない。

予想外のことばっかりだもん。

「今まで、なにを馬鹿なことを言っているのかと思いましたが……そう考えると納得できてしまう自分がいます」

「僕も同じだねえ。前文明を生きたころの記憶がシンの心の奥底の方に残っているなら、シンの規格外の力も納得できてしまうよ」

トニーの言葉に、なぜか皆が納得し始めた。

「確かにな。そう考えればシンの異常な力の説明も付く……か？」

「自分は納得ッス！　ウォルフォード君の柔軟な発想はどこから来るのかと常々不思議に思ってましたけど、無意識に刷り込まれているから斬新《ざんしん》なアイデアが出てきてるんじゃないッスか？」

オーグは、納得したようなしてないような微妙な感じだが、マークはようやく腑に落ちたと言わんばかりにスッキリした顔をしている。

「確かにそうね……シンの常識外れの行動も、ひょっとしたら前文明では当たり前のことだったのかもしれないわね」

「無意識にそういう行動をしてたってことぉ？」

「あの魔法を見せられたら、確かにそう信じちゃいます」

マリア、ユーリ、オリビアも同意し始めた。

「あ！　ひょっとしてあの服の発想もそうなのかな⁉」

「そうに違いない。あれは斬新すぎる」

アリスとリンの言うあの服ってのはメイちゃんとお揃いの服のことだろうな。

絶対違うと思うけど、黙っておこう。

「それにしても、どうしてシャオリン殿はそんなにシン殿が古語を使えることを懸念していたのですか？」

「そうで御座るな。先程の兵器以外でなにか不都合でもあるで御座るか？」

皆が納得し始めている中、トールとユリウスだけはシャオリンさんへと意識を向けていた。

そういえばそうだな。

なぜ、ここまで問い詰められなければいけないんだ？

その思いは皆同じだったようで、シャオリンさんを見つめている。

皆の視線が一斉に集まったことで、ちょっと気圧された感じだったシャオリンさんだが、立ち向かうように言った。

「だって……見過ごせないじゃないですか！　もしかしたら……」

シャオリンさんは、少し言葉を切ったあと言った。

「もしかしたらシン殿が古語の意味を解説した本を読んだかもしれないじゃないですか！」

シャオリンさんはそう言ったあと、黙り込んだ。

そのシャオリンさんを見て、オーグがポツリと呟いた。

「なるほどな」

そして、オーグが自分の理解した内容を喋り出した。

「つまり、もし強力な魔道具を作れるような古語を記した書籍があると、古語を理解できる人間が増えるのではないか……それによって過去の悲劇が繰り返されるのではないか。それを懸念したのか」

「……仰る通りです」

シャオリンさんは絞り出すようにそう言った。

「どうなんでしょうか？　そういった書籍は本当になかったのですか？」

「それについては断言します。ありません」

「そうですか……」

シャオリンさんは、心底ホッとしたように溜め息を吐いた。

俺を必死に問い詰めようとしたのはそれが理由か。

もしかしたら、世界を危機に陥《おとしい》れるような書籍が存在しているかもしれないと疑念を持ったんだ。

だから、こんなに必死だったんだな。

けど……。

「それにしても、やり方が随分と強引だったのではないか？　もしこれでシンの機嫌を損ねたらどうするつもりだったのだ？」

「え？　あ……」

おい。

考えてなかったのかよ。

まあ、俺も後ろ暗いところがあるから怒ったりはしないけど、それにしても後先考えなさすぎじゃね？

「あ、あの……申し訳ございませんでした‼」

「うえっ⁉」

シャオリンさんは、オーグの言葉に小刻みに震えたあと、突然ガバッと土下座をした。

この世界に来て、初めて土下座を見た！

っていうか、リーファンさんまで！

「ちょ、ちょっと！　止めてください！」

「いいえ！　図々しくも姉を助けてくれるように頼んでおきながら、このような嫌疑をかけてしまったこと！　お許しいただけるまでこの頭は上げません！」

「申し訳ございません！」

シャオリンさんもリーファンさんも、俺がいくら言っても土下座をやめてくれない。

ああもう！

「分かりました！　別に気にしてませんから、頭を上げてください！」

「本当ですか⁉　本当にこのまま姉の治療を続けて頂けますか⁉」

「しますします！　間違いなく治療はしますから！」

「ありがとうございます！　ありがとうございます！」

はあ……ようやく二人が土下座をやめてくれたよ。

土下座ってあれだね、やる方は屈辱的な謝罪方法とかいうけど、やられる方もたまったもんじゃないね。

これじゃあまるで、謝罪の押し売りだ。

人前であんな格好をさせているということ自体が心にくるし、こんな屈辱的な格好をして謝罪しているのに許さないとなると心が狭い奴に見えてしまう。

ようやくシャオリンさんとリーファンさんが立ち上がると、オーグが軽い調子で言った。

「さて、お二人の用件はこれで終わりかな？」

「あ、はい……申し訳ありませんでした……」

「それではもう休むとしよう。明日もずっと移動だ、座っているだけとはいえ疲労は溜まるからな」

オーグはそう言うと、さっさとテントの方へと歩いて行った。

「……そうだな。お二人も休んでください。それでは」

俺も、オーグのあとを追うようにテントへと入った。

そして、俺がテントに入ってすぐ、オーグが話しかけてきた。

「あの二人、気に入らんな」

「え？」

「今までは人助けと思って協力していたが……どうも奴ら、なにか隠しているようだ」

「……それは、俺もなんとなく感じた」

「前文明に古語、それに遺跡から出土した魔道具か……古語を記した書籍がないと分かったときの安堵《あんど》の仕方が気になる」

「ひょっとして、なんか面倒臭いことになりそうかな？」

「こればっかりは分からんな。奴らがなにも言ってこない以上、これ以上は推論にすぎん」

「まあな」

「とりあえず、奴らを全面的に信用するのは危険だ。常になにがあってもいいように備えろ」

「ああ」

俺たちが会話を終えると、他の皆も戻ってきた。

とにかく、リーファンさんが戻る前にオーグと話したかったからこの話を皆に伝えるのはあとだ。

女性陣にも話さないといけないしな。

まあ、とにかく用心だけはしておこう。

その後、シルバーは女性陣のテントで寝かせるというので、女性陣のテントにベッドを設置しなおして寝かしつけた。

その際、シャオリンさんとリーファンさんがなにか話している姿が見えた。

俺が二人を見ていることに気が付くと、シャオリンさんは気まずそうに視線を逸らした。

ああ、これは確定かな。

二人はなにかを隠してる。

それにしても、今まではシャオリンさんの境遇に同情とかしてたんだけど、こうなるとちょっと信用しきれなくなるなあ。

本当に、なにがあってもいいように備えだけはしておこう。

そう心に決めて眠りについた。

◆

シンたちがテントへと戻って行くのを見送ったシャオリンとリーファンは、二人残って話をしていた。

用件は、先走ってしまったリーファンの謝罪である。

『シャオリンお嬢様、申し訳ありません』

『はあ……正直、タイミングを間違えたわね』

『……どんな罰も受け入れます』

『いいわよ。感情的になってしまったのは私が悪いもの』

『ですが……』

『それに、まさかあのシン殿が古語を使えるとは夢にも思わないじゃない。アクシデントよ、仕方がないわ』

『……分かりました』

『それにしても……』

『なにか？』

『色々バレちゃったわね……』

『……』

『まあいいわ。別に騙しているわけじゃない。竜の革を売りたいというのとお姉様の治療をして頂きたいという依頼は嘘ではないもの』

『そこに奴らが絡んでいるとしても……ですか？』

『あ……』

『え？』

会話の途中、シルバーのベッドを女性用テントに運んだ帰りのシンと、シャオリンの目が合った。

暗くて表情までは分からないが、確実にこちらを見ていた。

シャオリンは、後ろめたい気持ちから、会釈《えしゃく》もせずつい視線を外してしまった。

そして、唇を嚙《か》み締《し》めたあと、絞り出すように言った。

『……全ては推測の域を出ない。だから私たちは何も知らなかった。そうよね？』

『……左様《さよう》でございます、お嬢様』

そして二人は、それぞれのテントへと入っていった。

第四章 クワンロンとミン家

シャオリンさんによる冷や汗ものの追及《ついきゅう》をなんとか躱《かわ》した翌日、俺たちは再び空の住人になっていた。

朝の食事の席は微妙な空気だったな。

シャオリンさんたちは気まずそうでこちらを見ないし、オーグは二人を探《さぐ》るような目で見ているし。

それにしても、昨晩はこの人生において最大のピンチだったな……。

トニーが、俺に前世の記憶があるんじゃないかって言ったときは心臓が止まるかと思った。

まあ、なんとかうまい具合に誤解してくれて丸く収まった感じだし、それはそれで良しとしよう。

それに、皆に嫌われるとかそういう次元じゃなくて、俺が前世の記憶持ちだというのはやはり隠しておいた方がいい。

以前辿り着いた、幼児期に生死をさまよい生還すると低確率で前世の記憶が戻るという仮説《かせつ》は、絶対に知られちゃいけない。

非人道的な行動に出る輩《やから》は、必ず現れるから。

改めてそう誓っていると、ナバルさんが近付いてきた。

「魔王さん、昨日はなにをやりおうとったんですか？　なんや、あの二人と微妙な空気ですし」

そうか、昨日そこそこな騒ぎになったからナバルさんたちも見ていたんだな。けど、会話までは聞こえなかったと。

「まあ、色々ですね。詳しいことはちょっと……」

「そうでっか。残念ですけど、藪《やぶ》をつついて蛇を出さんようにこれ以上の詮索《せんさく》は控《ひか》えますわ」

「すみません」

「いやいや」

どうやらナバルさんには、ばあちゃんの威光《いこう》が十分に効いているらしい。

それにしても、いつまで経ってもばあちゃん離れできてないなあ……。

そんな会話をしながら空の旅を続けていたのだが、今日はシャオリンさんとリーファンさんの二人は、俺たちの輪から離れて一切会話に入ってこなかった。

どうやら、昨日の一件で相当気まずくなっているみたいだ。

時々、俺やシシリーの顔色を窺うようにチラチラと覗《のぞ》き見《み》ているのがバレバレだ。

シシリーも気付いているようで、時々俺の方を見ては苦笑を浮かべている。

そんなに心配しなくても、人命は最優先だろ。

その約束を今更反故にするほど非情《ひじょう》な人間ではないつもりなんだけどな。

それに、今回シャオリンさんのお姉さんがかかった病気は子宮の病気だ。

シルバーの親になったことで、子供がいる幸せを本当に感じている。

子供ができたということは、お姉さんには旦那《だんな》さんがいるということだろう。

それなのに子供を諦めないといけないというのはさすがに辛すぎる。

なので、できる限りのことはしてやりたいというのは嘘偽《うそいつわ》りない気持ちだ。

と、そういえば。

「シャオリンさん」

「はっ！　はひっ!!」

突然話しかけられたからなのか、変な返事が聞こえてきた。

「……そんなに警戒しなくても、ちゃんとお姉さんの治療はしますよ。そうじゃなくて聞きたいことがあるんですけど」

「は、はい。なんでしょうか？」

「シャオリンさんのお姉さんの旦那さんってどんな人ですか？」

「お、お義兄《にい》さんのこと、ですか？」

「ええ。まあ、今回のことには特に関係ないんでしょうけど、ちょっと気になってしまって」

「そう、ですね……」

そう言ってシャオリンさんは少し考えてから話し始めた。

「正直、お義兄さんはちょっと頼りない感じの人です」

「それはまた……辛辣《しんらつ》ですね」

「ですが事実です。姉が倒れたときもオロオロするだけで、治癒魔法士を手配することもできませんでしたから」

「意外ですね。やり手の商人のお姉さんなら、旦那さんも切れ者でないとって言うのかと思ってました」

「そういうのは自分がやるからいいそうです。お義兄さんに求めていたのは癒《いや》しだそうで、実際年下で可愛い感じの人ですからね」

「そうなんですか。いやすみません、立ち入ったことを聞いてしまって」

「いえ……私の方こそ、昨日は随分《ずいぶん》と失礼なことを言ってしまって……」

「それはもう気にしてませんから大丈夫ですよ。それより、まだ着きませんか？」

「え？　ええと……」

シャオリンさんはそう言うと、窓の外を見た。

今まで俺やシシリーの顔色を窺うばっかりで、外を見る余裕もなかったってことか。

相当昨日のことを気にしてんな。

そうして、外を見ていたシャオリンさんだが、ある一点を見て「あ！」と声をあげた。

「あれ！　砂漠《さばく》の中にある遺跡です！　あれが見えたということはもうすぐ着きます！」

「え？　遺跡？」

もうすぐ着くというシャオリンさんの言葉より、遺跡という言葉の方に反応してしまった。

他の皆も同じようで、一斉に窓から眼下を見下ろした。

そして、見つけた。

「あれが遺跡？　なんだか不思議な建物ね」

「ここからではブロックみたいに見えますね。ただ、随分高いところを飛んでますから、実際はもっと大きいんでしょうけど」

前文明の遺跡を初めて見たマリアとトールがそんな感想を漏《も》らす。

そんな二人に、シャオリンさんが解説した。

「大きいですよ。ただ、不思議なことにあの建物、継ぎ目がないんです。まるで大きな石をくり抜いて作ったみたいに」

「へえ」

リンも興味深そうに返事をしているが、俺はそれどころではなかった。

なぜなら……。

（継ぎ目がない？　それって、コンクリートじゃ……）

漢字、銃、コンクリート。

それらが示すもの。

（地球の文明⁉）

眼下に見える遺跡が、どう見てもコンクリートで造られたビルにしか見えなかった。

そのビルを見ながら、俺はある考えが頭から離れなかった。

それは……。

（まさか……前文明に前世の記憶を取り戻した人間がいた？　そして、そいつは……日本人か中国人で、俺やマッシータと違って、一切の自重《じちょう》なしで文明を広めた？）

それしか考えられない。

実際に魔道具に付与《ふよ》された文字を見たわけじゃないから、日本人なのか中国人なのかは分からない。

もしかしたら、台湾《たいわん》や香港《ホンコン》の可能性もある。

俺が今のところ思い付く、漢字を使っている文化圏の国なんてそんなもんだ。

だけど、これは確実にいた。

そして、その可能性に思い至ったときゾッとした。

この遺跡の中には、魔道具が眠っている。

それも、眼下のビルやシャオリンさんの持っていた魔道具を見る限り、俺が生きていた時代と同等のレベルの文明のものだ。

そして、その魔道具はいまだに使えるものが出てくる。

もし、そんな中で大量破壊兵器なんかが発見されたら……。

「こりゃ……本格的にヤバいことになるかも……」

俺たちはシャオリンさんのお姉さんの治療が最優先なのに、それ以外のことが不安になってしょうがなかった。

「皆さん、前方に集落が見えます！　着きましたよ、クワンロンに！」

皆で遺跡を眺めていると、操縦士さんが大きな声をあげた。

今度は急いで前方を見てみると、徐々に砂漠地帯が終わり、草原地帯になっていき、そして木造と思われる家が点在しているのが見えてきた。

「ああ！　あれは砂漠地帯との境《さかい》にある村です！　着いた！　着きましたよ！　凄い、たった二日で着くなんて！」

村を見たシャオリンさんは、さっきまで俺たちの顔色を窺いながらビクビクしていたとは思えないほどテンション高く叫んでいた。

そりゃあ、行きは一年かかったのに帰りは二日とか、テンション上がるわな。

今はまだ遠くに見えている村だったが、徐々に大きくなっていく。そしてそこでシャオリンさんから指示があった。

「すみません、あの村の入り口で飛行艇《ひこうてい》を下ろして頂いていいですか？」

「はい、了解です」

操縦士さんは、シャオリンさんの指示通り、村の入り口に飛行艇を着陸させた。

なんでこんなところに着陸するのか。

それは、言うなればクワンロンに無駄な混乱を起こさせないためだ。

今回の目的は、侵攻ではなく親睦《しんぼく》。

国交を樹立するための訪問だ。

突然空飛ぶ乗り物が現れたら、首都は大混乱に陥《おちい》るだろう。

なのでこの村から使者を送ってもらい、飛行艇で乗り付ける許可を貰おうとしたのだ。

ただまあ……。

この村には事前の連絡など行っていないので……。

窓から見える光景はまあ、一言で言うならパニックだな。

そりゃあそうだろう。

突如空飛ぶ船が現れたんだから、これで冷静な奴がいたら逆に凄いわ。

というわけで、まず初めにシャオリンさんとリーファンさんが飛行艇を降りて村の人と話をし始めた。

中にはかなり剣呑《けんのん》な雰囲気を醸《かも》し出《だ》している人もいたのだけど、約二年前にシャオリンさんがこの村を訪れていたのを覚えていたようで、すぐに気軽に話し始めた。

時折こちらを指さしているので「あれはなんだ？」とか言ってるんだろうな、多分。

そうしてしばらく話をしていたシャオリンさんが、飛行艇に戻ってきた。

「村の代表者と話が付きましたので、殿下《でんか》、ナバルさん、ついてきて頂いていいですか？」

「ああ、分かった」

「ほな行きましょか」

「はい。よろしくお願いします」

村の方で話を聞いてもらえる準備が整ったとのことで、オーグとナバルさん、そして護衛《ごえい》を伴《ともな》って村へと赴《おもむ》いた。

その間、俺たちは飛行艇の中で待機している。

一応、万が一に備えて索敵魔法《さくてきまほう》を展開しているが、特にこちらに害意を向けている人はいない。

オーグとナバルさんの言葉をシャオリンさんが通訳して村の代表者と話している。

しばらく話したあと、オーグたちがこちらへ戻ってきた。

「お疲れ、もう行けるの？」

「いや、まだだ。これからクワンロンの首都に使いを出すらしい。その返事が返ってきてからだと言われた」

「え？　それっていつになんの？」

俺はオーグに聞いたのだが、横で聞いていたシャオリンさんが答えた。

「行きで一週間、帰りで一週間とみて、大体二週間くらいですかね」

「結構遠いんだな」

「そうですね。クワンロンは小さな国を統合していって出来た国ですので、国土はかなり広いです」

へえ、国を統合してできたって、いわゆる帝国か。

なんだろうな、どうしてこう帝国っていうと悪者ってイメージで見てしまうんだろう。

でも実際、ブルースフィア帝国は超悪い国だったしな。

あの国がなければ魔人なんて現れなかったかもしれないくらいに。

それはともかく、二週間か……。

「どうするオーグ？」

「そうだな、とりあえず、ここの住民と交流でも図《はか》ってみるか。言葉を覚えるのには時間が足りないが、文化の一端くらいは知れるだろう」

「それもそうだな」

ということで、俺たちは二週間この村に滞在することにした。

とはいえ、こんな最果ての村に宿屋なんてあるわけもなく、村の端《はし》っこで野営《やえい》をする許可を得てテントを張るくらいだ。

当然、飛行艇と野営地には見張りと防御用の魔道具の設置を忘れない。

一応、シャオリンさんが外国の使節団《しせつだん》だという風に説明はしているが、いかんせん使節団はおっさんばかりなのだが、俺たちの方には若い女性が六人もいる。

しかも外国の美少女ばっかりなので、不埒《ふらち》なことを考える輩が出ないとも限らないからだ。

俺たちは女性陣はシャオリンさんに、男性陣はリーファンさんに引率《いんそつ》されながら村の人たちとの交流を図った。

目的としては、クワンロンの食生活に慣れたり、風習などを知るためだ。

村との交流に勤しんでいる間、村の男たちの視線はずっと女性陣に釘付《くぎづ》けだったし、何度かテントに近付こうとした奴もいたが、結局大きな問題にはならずに過ぎていった。

いや、近付こうとしてること自体がおかしいんだけどね。

どうも外国の使節団というものを理解していないっぽいんだよね。

そして二週間と少し経ったある日、村人の一人が息を切らせながら走ってきた。

シャオリンさん曰く、ようやく首都から政府の役人が到着したらしい。

まあ、連絡してすぐ首都を出発するわけでもないし、協議をしてから役人を送り出したんだろう。

しかし、やってきたのは役人だけでなく、武装した兵士も一緒だった。

『────!!』

クワンロンの言葉で、なにか声高に叫んでいる。

俺たちにはなにを言っているのか分からなかったけど、シャオリンさんが唖然《あぜん》とした顔をして必死に役人に向かってなにかを喋っている。

その役人は、シャオリンさんを見てなにかを呟《つぶや》くと、後ろに控えていた兵士たちに声をかけた。

すると、兵士たちは一斉にこちらに向かって矢を放ってきた。

「シン殿！　逃げてください!!」

シャオリンさんが必死にそう叫んでるけど……。

おいおい、マジか。

こちとら外国の使節団だぜ？

国がそんな態度取っていいのかよ？

そうは思ったが、やってきた兵士たちの雰囲気から歓迎されていないことがありありと分かっていたし、シャオリンさんのちょっと不審な態度の件があってから常に警戒は怠《おこた》っていなかったので、すぐに対処することができた。

俺は、飛んできた矢に対して、物理と魔力の両方の障壁を展開させた。

なぜか？

兵士たちが番《つが》えていた矢に、シャオリンさんに見せてもらったのと同じような呪符《じゅふ》が巻き付けてあったんだよ。

あ、これは刺さると同時になにかあるやつだと思い、二重障壁を展開した。

結果は大正解。

障壁に阻まれた矢は、その場で爆発。

辺りがその煙に覆《おお》われてしまった。

視界ゼロになったので索敵魔法を展開したのだけど……。

兵士たちは一向に動く素振りを見せない。

あれ？

今が絶好の攻め時じゃないの？

なにしてんのかと思ったが、煙が晴れてきて分かった。

兵士たち、あれで俺たちが死んだと思ってたみたい。

最初に見たのは薄ら笑いを浮かべる兵士と絶望を顔に張り付けるシャオリンさん。

そして、無事な俺たちを見て驚愕の顔に変わる兵士と、嬉しそうな顔に変わるシャオリンさん。

本当に、なんだこいつら？

「なあナバルさん」

「はいな」

「これって、どう対処すればいいですかね？」

「そんなん決まってますわ」

ナバルさんは俺の問いかけに対し、悪そうな顔でこう言った。

「あくまで友好的に対話しにきた我々に対してこの仕打ち。こら、自衛のためにコイツら制圧しても問題ありませんわ。むしろ交渉時《こうしょうじ》のええカード手に入れましたで」

あーあ、エルス商人に弱み見せちゃったな。

というか、使節団の長《ちょう》の許可が下りたし、反撃しますか。

「行くぞ！　無礼《ぶれい》な輩に礼儀というものを教えてやれ！」

『はい！』

オーグの号令で、アルティメット・マジシャンズ全員がまだ唖然としている兵士たちに襲い掛かった。

正直言って、戦闘にならなかったわ。

あっという間に制圧し、死者も出さずに全員を拘束。

その上でシャオリンさんを呼んだ。

「も、申し訳ありません！　まさかこのような暴挙に出るとは夢にも思わず……‼」

俺たちのもとに来るなり、真っ青な顔をしながら頭を下げた。

今回は土下座はなしだった。

そして、シャオリンさんは最初に役人が叫んでいた内容について教えてくれた。

曰《いわ》く。

『この空飛ぶ船は、私が徴収《ちょうしゅう》する！　反論は許さん！』

と叫び、兵士をけしかけたのだという。

は？　マジかこの国。

正気か？

そんな疑問を感じて縛られている役人たちを見下ろしていると、シャオリンさんが役人の服をごそごそ漁りだした。

しばらくすると。

「あ！　ありました！」

なにかの書類を見つけ、それを読み始めた。

その内容は……。

「殿下、ナバルさん、どうやらこの襲撃は、この役人の独断だったようです」

書類というか手紙の内容も教えてくれた。

その内容は『長くなかった他国との新しい国交の申し出をありがたく思う。ついてはその空飛ぶ船というものも見てみたいので首都へと乗り付けてもらって構わない。到着を待っている』というものだった。

おいおい、それが本当なら、この役人って本当の馬鹿なのか？

政府が飛行艇に乗ってこいって言ってるのに、それを自分のものにしようとか。

ありえないだろ。

と、そう思っていたのだけど……。

「相変わらず、最低なやり口です」

俺たちより、シャオリンさんの方が怒りに燃えていた。

俺ら？

怒りより、呆《あき》れの方が強くて、この手紙は偽物なんじゃないかってことまで考えたよ。

もしくは罠な。

だけど、シャオリンさんはこの事態を正確に把握《はあく》しているようだった。

「昔からこの国がよくやる手口です。とりあえず、役人にはちゃんとした交渉用の手紙を渡しておくんです。ただ……」

そこでシャオリンさんは、役人をまるで汚物かなにかのような目で見た。

「役人がその場の判断ですることに、特に制限を設けていないんです。例えば今回の場合、役人の独断で飛行艇が奪え、証拠となるものを全て隠滅《いんめつ》……つまり皆殺しにできれば上出来です」

「……そして、もしそれが失敗しても、ちゃんと手紙は渡している、こうなったのは現場の役人の独断だから国に責任はないと？」

「そういうことです」

あ、オーグもシャオリンさんと同じように、汚物を見る目に変わった。

やれやれ、初っ端からこれとは……本当にこの国と国交なんて樹立できんのか？

そう思ってオーグとナバルさんを見ると……。

「ふん、上等ではないか」

「これはまた、エライ舐められたもんですな。これは久々に血が騒ぎますなあ」

二人とも、メッチャ悪そうな顔してた。

不良役人の襲撃を撃退した俺たちは、早速その縛り上げた役人と兵士を飛行艇に乗せ、二週間お世話になった村をあとにした。

別れ際に挨拶《あいさつ》をしたんだけど……。

国の兵士たちをあっという間に制圧してしまった俺たちに恐怖を感じたのか、皆遠巻きに見ているだけで俺たちに近寄ってこなかった。

俺はまあ、周りからドン引かれることがままあるので、こういう対応には慣れっこだけど、女性陣はダメージが大きかった。

「はあ……見た？　あの化け物を見るような目……」

特に落ち込んでいるのがマリアだ。

マリアは、常々彼氏が欲しいと言っているのだが、今回滞在した村にも若い男性がいたのに一切見向きもしていなかった。

それなのに、なぜこんなにダメージを受けているのか。

それは、世間一般の男性が自分に抱いているイメージを村の男たちが体現してみせたからだ。

恐怖の対象。

確かに、アールスハイドやその他周辺国では俺たちを英雄と呼んで親しんでくれている。

だがそれは、あくまで俺たちの功績しか見ていないのだ。

アイドルと同じである。

だがマリアが求めているのは、自分を愛してくれる男性だ。

アイドルとして崇拝《すうはい》してくれる男性じゃない。

で、その崇拝してくれている男性でも、マリアの戦闘力を見たらどうなるか。

……相当凹《へこ》んでる様子だな、こりゃ。

ちょっと強くなりすぎたかも。

こうして凹んでいるマリアをシシリーがなんとか宥《なだ》めながら、俺たちはクワンロン国内の上空を、我が物顔で横断していった。

そして、シャオリンさんの道案内？　に従って進むこと数時間。

「見えてきました。あれがクワンロンの首都、イーロンです」

地平線の先から、アールスハイド王都とほぼ同じくらいの規模の都市が見えてきたのだった。

さて、ここからが本番だ。

と言っても、交渉に関しては俺がやることはないんだけどね。

オーグとナバルさんにお任せだ。

イーロンについたと思ったが、なぜか飛行艇は着陸しない。

魔物から都市を守るためのものと思われる外壁のすぐ外くらいの上空でずっと待機している。

高度はかなり下げており、外壁と同じ高さくらいまで下りている。

つまり、当然人の目にも晒《さら》されるわけで、皆あんぐりと口を開けている様子まで分かる距離だ。

そのまましばらく待っていると、門から武装している兵士と、武装していない人間が沢山出てきた。

どうやら、これを待っていたらしい。

その姿を確認すると、飛行艇はゆっくりと下りていった。

一応警戒するが、兵士たちは武器を構えることなく、規則正しく並んでいる。

どうやら、敵対する意思はないらしい。

ここでも敵対する意思を見せられたら、さすがに言い訳の余地なく外交問題だから国交の樹立など不可能。

交易《こうえき》も無理だからシャオリンさんの願いは、全てご破算になってしまう。

そのことがよく分かっているのだろう、シャオリンさんは自国の兵士たちの対応に、露骨にホッとした顔を見せていた。

やがて飛行艇が着陸し、ドアを開けてナバルさんを筆頭とするエルス使節団、そしてオーグを先頭とするアルティメット・マジシャンズ――今はアールスハイドの使節団だな――が降り立った。

そして最後にシャオリンさんとリーファンさんが、砂漠との境界の村で捕縛した役人と兵士を引き連れて降りる。

ズラリと並んでいる役人、兵士たちの中から特に豪華な服を着ている人物が前へと歩み出した。

恐らくこの人が、今回の交渉担当の人なんだろう。

早速なにか喋っている。

「クワンロンへようこそ、私は交渉担当のハオです、と言っています」

シャオリンさんの通訳を聞いて、ナバルさんは笑顔で言った。

「こちらこそ、大層な歓迎をしてもろて、感激しとります」

うわあ。

大層なってとこを殊更《ことさら》に強調したよナバルさん。

まあ、シャオリンさんの通訳も入るし、その辺のニュアンスは伝わらないとは思うけど……。

ナバルさんの言葉を聞いたハオさんは笑顔になると、俺たちの後ろで縛り上げられている役人と兵士たちを見た。

そして、またなにかを言った。

「そちらは伝令の使者なのですが、なぜ縛られているのかと聞いています」

「使者？　この国では、外交使節団に突然攻撃をしかけ、我々の乗ってきた飛行艇を奪おうとする者を使者と呼ぶんですか？」

ナバルさん、いきなり攻撃的すぎません？

通訳してるシャオリンさんもちょっと顔色が悪くなってますよ。

その通訳を聞いたハオさんは、顔を顰《しか》め、メッチャ怒りだし、なにか怒鳴《どな》っている。

「あの……このような輩を使者に選んだのは誰だと……え？」

ハオさんはなにかを怒鳴ったあと、もう一度シャオリンさんになにか言った。

「えっと、その不埒ものはこちらで厳正《げんせい》に処分するので、どうかお引き渡しいただきたいとのことです」

「そうでっか。それでは、引き渡しますわ」

ナバルさんはそう言うと、縛られている役人たちをハオさんたちの前に引き出した。

「それでは、厳重な処罰を……」

ハオさんに向かってそう言いかけたとき。

『——!!』

ハオさんは突然腰に下げていた剣を抜き、役人の首を斬り飛ばした。

残りの兵士たちも、ハオさんの近くに控えていた兵士たちが次々と斬り捨てていく。

その、あまりにも苛烈《かれつ》な処罰に、俺たちは思わず唖然とし、魔物はともかく人死ににあまり耐性《たいせい》のない使節団の人たちの顔色が悪くなった。

あー、これが目的か？

最初に強烈な暴力を見せて、恐怖を植え付けようって魂胆なのかも。

実際、使節団の人たちは、若干《じゃっかん》顔色が悪い。

けど。

「随分と苛烈でんな。この国では裁判もなしに死刑を執行《しっこう》するんでっか？」

極めて平然とナバルさんはそう言った。

俺たちは、あの魔人王戦役《まじんおうせんえき》の際、散々魔人と戦ったからな。

中身は魔人とはいえ、人には違いない。

それを散々手にかけたから、女性陣も含めて目の前で人が斬り殺されても恐怖など感じていない。

ちょっと眉を顰《ひそ》めただけだ。

まあ……そういう慣れもどうかと思うけど……。

でもナバルさんは戦闘職の人じゃない。

なのに、こんなに平然としてられるなんて、エルスでは商人の交渉でも結構人死にが出るんだろうか。

……あ、違うわ。

よく見ると、小刻みに足が震えてる。

けど、幸いにもハオさんにそれは伝わらなかったようで、シャオリンさんの通訳を聞いてちょっと驚いている。

「お目汚しをして申し訳ないと、お詫びにもてなしをさせて頂くと言っています」

「そうでっか。それでは、今日のところは休ませてもろて、明日お話し合いをしましょか」

シャオリンさんがハオさんに通訳すると、ハオさんはにっこりと笑ってなにか言ったあと、馬車に乗りこんだ。

「馬車を用意してあるので、それに乗ってほしいそうです。行政府に案内すると」

よく見ると、馬車はハオさんの乗り込んだ一台だけではない。

何台か用意されているので、こちらの人数は伝わっているのだろう。

首都は結構広そうなので助かった。

ハオさんの言葉通りに馬車に向かおうとすると、シャオリンさんが話しかけてきた。

「あの……飛行艇はどうしますか？」

「ああ、シン」

「ん？」

「お前の異空間収納に、これ入るか？」

「入るよ」

「では、収納しておいてくれ」

「分かった」

オーグに要請《ようせい》されたので、俺は異空間収納を飛行艇の下に開いた。

すると、飛行艇はまるで地面に吸い込まれるように異空間収納に収まった。

「それじゃ、行きましょうか？」

「な……な……」

ん？

シャオリンさんが、なんかワナワナしてる。

「シャオリンさん？　どうしました？」

「どうしましたって！　なんですか⁉　あのデッカイ異空間収納の収納口は！」

「え？」

なんですかって……。

「飛行艇を収納するんだから、デカくないと入らないじゃないですか」

「そりゃそうですけど！　そうですけど‼」

シャオリンさんが、なんか頭を掻きむしっている。

ホント、どうした？

シャオリンさんの不可解な行動を見ていると、オーグがその肩にポンと手を置いた。

「こんなのは序の口だ。シンの非常識は本当に非道《ひど》いぞ」

なんだよ、これくらい皆できるだろうが。

なんで俺だけそんなこと言われなくちゃいけないんだよ？

オーグの理不尽な言い分に憤慨していると、シャオリンさんは疲れた表情を見せた。

「そうなんですね……」

なんでそんなにアッサリ信じるんだよ。

そう思っていたのだが、シャオリンさんがなぜすぐに信じたのか、それはすぐに分かった。

「本当に……前文明人の生まれ変わりなのかもしれませんね」

あ、これ、本当に信じちゃったな。

◆

『まさか、あのような返しをされるとは思いもしなかったな』

シンたちの前から、馬車に乗りこんだハオは、一緒に乗っている補佐官にそう呟いた。

『そうですね。特に、あの若い連中が顔色一つ変えないとは思いもしませんでした』

『歳を食った者の方が顔を青ざめさせていたからな』

『何者でしょう？　それほどの経験を積むような年齢には見えないのですが』

『分からん。だが、周りの小国のように、強めに言えばなんでも言うことを聞く連中とは違うみたいだな』

『厄介《やっかい》ですね』

『そうか？』

ハオはそう言うと、ニヤリと口を歪めた。

『その方が面白いではないか』

その後、シンたちも馬車に乗りこんだため、ハオを乗せた馬車もゆっくりと動き出した。

移動先は、行政府のあるクワンロン城。

クワンロンの皇帝がいる場所である。

◆

「はあ……心臓に悪いわ。なんでいきなり人斬り殺すんや！　アホかっちゅうねん！」

「まあまあ、ナバルさん落ち着いて」

馬車に乗りこむなり、ナバルさんがそう吐き捨てた。

「平静装《へいせいよそお》うのがどんだけ大変やったと思てんねんな！　それが狙いやろうから精一杯虚勢張ったったけどな！」

結構な剣幕《けんまく》だけど、言ってることはちょっと情けないぞ、ナバルさん。

「しかし、中々やるではないか、ナバル外交官。三国会談のときとは大違いだ」

「い、嫌やなあ、あのときのことは忘れてくださいよ殿下」

そういえば、三国会談のとき、ナバルさんが出してきた要求にオーグが随分怒っていたことを思い出した。

何を要求してきたのか詳しくは知らないけど、まあ、あんなときでも利益を追求するくらい商人根性が逞しいってことなんだろうな。

「それで、このあとはどうするのだ？　ナバル外交官主導で話を進めるのか？　それとも、私も話に参加した方がいいか？」

「とりあえず、ワタシだけで話しますわ。こういう交渉を二人で進めるときは、さすがにもうちょっと連携とれてないと……」

「まあ、大まかな打ち合わせをしただけだからな。了解した。ただ、竜の革の交易はなんとしても取ってもらいたい」

「今はご禁制の品やっちゅう話ですからな。まあ、そこはうまいこと言いくるめますわ」

「というわけだ、シャオリン殿、通訳のほどよろしく頼むぞ」

「わ、分かりました」

こうして馬車の中で交渉についての打ち合わせをしたあと、大きな建物に着いた。

大きいとは言っても、縦にはそんなに大きくない。

とにかく広いのだ。

道中に見た建物もそうだったけど、建築様式はアールスハイド付近ではあまり見られない形式だった。

どっちかっていうと、昔の日本に近いのかな？

木と漆喰《しっくい》で作られていて、高くても二階建てまでのものが多い。

「ここは悠皇殿《ゆうこうでん》。皇帝陛下のおわすクワンロンの中心です」

シャオリンさんが、目の前の大きな建物について説明してくれた。

「ここは、皇帝陛下のお住まいであると共に、クワンロンの行政の中心でもあります。私も今まで来たことはありません」

そう言うシャオリンさんの目は、なんだか感激しているようだ。

今まで来たことないって言ったし、それも当然か。

珍しい建築様式の建物をキョロキョロと見回していると、ハオさんが近付いてきた。

『こちらにお部屋を用意しております。一旦お休みになられたあと、皇帝陛下への謁見《えっけん》と晩餐《ばんさん》の用意があります』

とのことだ。

そこで俺たちは、まず建物内にある一室に集められた。

そこで、声がかかるまで待つのだそうだ。

一同が部屋に入った際、オーグが口を開いた。

「シン。例のアレをナバル外交官たちにも渡しておけ」

オーグはそう言うと、自分の胸元をトンと叩いた。

ああ、アレね。

「ナバルさん、皆さんも、これを身に着けておいてください」

そう言って取り出したのは『異物排除』の付与がされている魔石《ませき》付きのネックレスだ。

部下の暴走を装って俺たちを襲ってくるような連中だからな。

用心はしておくに越したことはない。

「なんでっか？　これ」

「これは……」

ナバルさんが聞いてきたので、その効果を説明しておいた。

ナバルさんたちも、シャオリンさんたちも、目を見開いて驚いてたね。

その効果にではなく、魔石をこんなネックレスに使ってしまっていることに。

まあ、それ、俺の作った量産品だけどね。

さっきから、クワンロンを信用していないような言動ばかりだけど、シャオリンさんもリーファンさんも一言も文句を言わなかった。

まあ、シャオリンさんのお姉さんにはまだ会ってもいないし、今機嫌を損《そこ》ねられると困るとか思ってるんだろう。

昨日のこともあるし。

こうして皆さんにネックレスを着けてもらい、このあと皇帝にあったときどういう接し方をすればいいのか訊《たず》ねた。

シャオリンさんはこの国の人間なので、皇帝には敬意を表す必要があるらしいが、俺たちは他国の人間。

最大限の敬意を表す必要はないが、最低限の礼儀だけは保ってほしいとのこと。

とりあえず、腰を折って頭を下げておけばいいらしい。

そんなレクチャーを受けたり、今日は家に置いてきているシルバーのご機嫌を伺いに戻ったりしていると、扉がノックされ準備が整ったと声がかかった。

迎えに来た兵士のあとについて行くと、やたらと大きな扉の前に連れていかれた。

その両脇には、完全武装の兵士がいる。

ここが謁見の間か。

俺たちが到着すると、すぐにその大きな扉が開いた。

中には、豪勢な服を着た人が左右に沢山並んでいた。

この国の貴族かな？

そもそも、貴族制度があるかどうかも知らんけど。

大勢の視線に晒されながら謁見の間を進んでいく。

俺たちはある程度慣れているし、他国だからそこまで緊張していないけど、シャオリンさんとリーファンさんの緊張具合がヤバイ。

顔は真っ青で、歩いている足も震えている。

今にも倒れそうだ。

そして、玉座の前まで行くと、そこで止められた。

玉座にはまだ誰も座っていない。

すると、役人の一人が大きな声をあげた。

それと同時に、一斉に跪《ひざまず》く周囲の人々。

シャオリンさんも跪いている。

さっきのは皇帝が来た口上《こうじょう》だったのか。

それに気づいた俺たちも慌《あわ》てて頭を下げる。

　そうして少し待っていると、誰かが現れ玉座に座った。

『――――』

　なにか言葉が聞こえると、周りの人たちもシャオリンさんも立ち上がった。

　立ち上がったってことは「楽にせよ」かなにか言ったんだなと思い、俺も顔をあげた。

　すると、先程まで空だった玉座に、一人の男性が座っているのが見えた。

　歳は……かなり若い。

　もしかしたら、俺たちより年下ではないか？

　そんな、男性というより少年が玉座に座っていた。

『――――』

『――――』

　その少年がなにかを告《つ》げると、シャオリンさんが緊張気味に返事をした。

「通訳することを依頼されましたので、これから皆さんと陛下の通訳をします」

　なるほど、さっきのは「自分の言葉を伝えろ」とかそんな言葉で、シャオリンさんは了承の返事をしたのか。

　ここから、クワンロン皇帝との会話が始まった。

『遠路はるばるご苦労であった。まさか、砂漠の向こうから使者がくるとは夢にも思わなかったが』

「今日、このように皇帝陛下のご尊顔《そんがん》を拝謁《はいえつ》できたこと、心より嬉しく思います」

『うむ。今まで交流のなかった国と繋がりができることは余としても嬉しい限りである』

「ありがとうございます」

『ついては、詳しい話し合いをしたいと思う。そちらにいる外交担当のものと十分に協議せよ』

「はっ、ありがとうございます」

以上、皇帝とナバルさんの会話でした。

いやあ、エルス弁じゃないナバルさん、違和感しかないね。

そして、短い挨拶をしたあと皇帝はすぐに引っ込んでしまった。

てっきり、このあとの協議にも参加するものと思っていたけど、本当に顔見せだけだったのね。

なんだか肩透かしを食らった気分だ。

そのあとの晩餐会には出てきたけどね。

当然、俺たちとの会話なんてなし。

本当に、夕食の場に同席しているだけって感じだったよ。

ちなみに、晩餐会で出された料理は、中華料理っぽい料理だった。

当然使う道具は箸《はし》だ。

砂漠との境界の村で箸があることは分かっていたので、滞在している間ずっと練習してきた。

俺は元々使えるけどね。

なので、皇帝の前で恥を晒すことはなかったと思う。

ご飯は久しぶりに見たな。

白米は出なかったけど、炒飯は出た。

凄く美味しかったので、変な毒などは入っていなかったと思いたいけど、どうなんだろ？

今の俺たちに毒や薬は効かないので、なんとも言えないな。

無味無臭の毒だったら分かんないし。

こうして、皇帝との謁見を終えた俺たちは、用意された宿泊用の部屋へ案内された。

二人一組ということで、俺とオーグ、トールとユリウス、トニーとマーク、シシリーとマリア、アリスとリン、ユーリとオリビアに分かれる。

使節団の方も二人一組に分かれた。

部屋に入る際に『侵入防止』と『防音』を付与してある魔道具を渡しているので、女性だけでも大丈夫。

まあ、まさか皇帝に謁見までした使者になにかするとは思えないけど、念のためね。

さて、明日はいよいよハオさんとの交渉か。

俺がするわけじゃないけど緊張してきた。

はあ、寝られるかな？

◆

シンたちが、宛《あ》てがわれた部屋で休んでいるころ、ハオは自分の執務室に補佐官を呼びつけていた。

『おい、奴らの料理には例の薬は入れたのだろうな？』

『はい、間違いなく。私がこの目で確認しましたから』

『ではなぜ奴らの様子に変化が見られないのだ？』

『そ、そう言われましても……』

『本当に間違いないのだろうな？』

『はい、この国でも一番効力の強い媚薬《びやく》を混ぜ込みました。無味無臭で気付かれる恐れもありませんし、間違いなく奴らは食しておりました』

『くっ……これは、なにか対策を施されたか？』

『あの媚薬に対して……ですか？　しかし、媚薬は毒物ではありませんし、そもそも奴らは魔道具を起動した素振りも見せませんでしたが』

『ならばなぜ……』

『ほ、報告します』

ハオが喋っている途中でドアがノックされ、扉の向こうから部下の声が聞こえてきた。

『なんだ！』

『はっ！　あ、あの……奴らの部屋に侵入できません！』

『なっ⁉　馬鹿な！　鍵は持っているのだろう⁉』

『それが……鍵が開かないのです！』

『そんな馬鹿な話があるか！　鍵を間違えているのではないのか⁉』

『い、いえ！　間違いなく、奴らの部屋の鍵です！　それが、どの部屋も開けられないのです！』

部下のその報告を聞いたハオは、呆然《ぼうぜん》と呟いた。

『馬鹿な……一体なんだというのだ……』

ことごとく目論見《もくろみ》が外れ、ハオは力なく椅子《いす》に座り込んだ。

ハオが仕掛けようとしていたのは、ハニートラップである。

シンたちの料理に媚薬を混ぜ、性的興奮状態に陥らせる。

男女が揃っていたので、性的興奮状態であれば何組か性行為に及ぶと見込んだ。

そして、その現場をハオたちが押さえれば、神聖な宮殿でなにをしているのかと追及することができる。

そうすれば、交渉を有利に進めることができると踏んでいた。

だが、部下からはシンたちが男女別々の部屋に入ったと報告が入った。

しかも、性的興奮状態にはなっていないらしいとの報告もあった。

この時点でおかしいと思い始めたハオだったが、少しでも交渉を有利に進めたいと思っていたハオは次の手を打った。

万が一のために、この国の娼婦、男娼の中でも特に見目麗《みめうるわ》しい者を厳選して待機させていたのだが、それを各々の部屋へと送り込もうとしたのだ。

だが、結果として部屋にも入れず、ここで計画は全て頓挫《とんざ》してしまったのだ。

一週間前に、砂漠の向こうから国交樹立のための使者が来ているとの報告を受けてから、この日のために準備してきたことが全てご破算になり、ハオは力が抜けてしまった。

ハオがここまでするのは、その使者たちが空飛ぶ乗り物に乗ってやってきたとの報告を受けたから。

どうしても、その乗り物が欲しかったのだ。

それがあれば、砂漠の向こうにあると分かっている国や、クワンロンのさらに東にある島国にも侵攻することができる。

クワンロンが世界中に覇《は》を唱えることができると考えていたのだ。

その計画が全て潰えてしまった。

報告を聞いて放心状態にいたハオだったが、しばらくすると身体を起こした。

『上等ではないか。ならば、正攻法で色々と利権を貪ってやる』

深夜の執務室で、ハオはほの暗い決意を新たにした。

◆

翌日、クワンロン側が用意してくれた朝食を食べたあと、いよいよ国交樹立のための話し合いが持たれた。

場所は割とこぢんまりした会議室。

かなり内密な話なので、大きい会議室に大人数でとはならなかった。

一通りお互いに挨拶をしたあと、早速話し合いに入った。

まず話し合われたのは、お互いの国の国民が国の行き来をすることについて。

観光とか、仕事とか、場合によっては移住なんかだな。

飛行艇でも一日では辿り着かないので、中継地点にお互いが出資して宿場町《しゅくばまち》を作ることとか、あとは入国審査など。

お互い、邪《よこしま》な考えの人間は国に入れたくないので、お互いの国に大使館を作って大使を常駐《じょうちゅう》させること。

その大使館で入国審査が行われ、ビザが発行された人間だけが行き来できることなどを決めていった。

これは、ほぼナバルさんとオーグの主張通りになった。

というのも、現状クワンロンと西側の国とを結ぶ移動手段が飛行艇しかないからだ。

歩いていくと一年かかるのはシャオリンさんや、今までお互いの国に辿り着いた人たちの証言から明らかだからね。

そして交易の話の前に、為替《かわせ》についても話し合われた。

これは、西側で流通している貨幣《かへい》とクワンロンの貨幣をどのレートで交換するかという話。

クワンロンもまだ紙幣は流通していないらしく硬貨が貨幣だった。

なので、こちらの銅貨一枚がクワンロンのなにと同等なのか、市場価値と照らし合わせて決めていった。

ここまではお互いに分かり切っていた話だったので話し合いはスムーズに進んでいった。

その様子が変わったのは、交易に関して話し合いをしているときだった。

ナバルさんは、お互いの国の品についての全てを交易の対象とする旨を伝えた。

クワンロンもエルス側もお互いかなり文化が違うし、新しい物が入ってくるのはお互いにいいことであると思われたのでハオさんも了承しかけたのだが、補佐官の耳打ちでその提案は却下《きゃっか》された。

『全てというわけにはいかない。いくつかの品には制限をかけさせてもらう』

その言葉を聞いて、ナバルさんだけでなく俺たちもピンときた。

「その制限をかけるという品とはなんですか？」

ナバルさんの質問に、ハオさんは当たり前のように言った。

『竜の革だ』

やっぱり、思った通りだ。

竜の革は、現在クワンロンで禁止素材となり流通がストップしてしまっている。

それを輸出するわけにはいかないと言ってきたのだ。

「そうですか……せやけど、おかしな話ですなあ」

『おかしいだと？　我が国で流通を禁止しているものを制限してなにが悪いのだ？』

「いやいや、道中話を伺わせてもらいましたけど、竜の革は結構な量の在庫があるとか？」

『それがどうした？』

「いえね、在庫があってそれが流通に乗せられへんということは、それって不良在庫っちゅう話ですやろ？」

『ふ、不良在庫だと⁉』

「そうでっしゃろ？　ウチ等は、その不良在庫の処分をして差し上げると、こう言うてますねんで？　なんで反対しはりますの？」

『そ、それがこの国の定めた法だからだ！』

「そもそも、その法って『国内』の流通を制限するものでっしゃろ？　国外に輸出することを禁じるものとちゃいますな」

『な、ならば法の改正を進言する！』

「おっと、それはなしでっせ。そんな後出しじゃんけんみたいな真似、許すわけにはいきませんな」

　おお……法の不備を突いてきたぞ、ナバルさん。

　そもそも、竜の禁猟と竜の革の流通制限自体、シャオリンさん曰《いわ》くおかしい法だそうだから、叩けばなにか出てくるのかもしれないな。

　ナバルさんをしばらく睨《にら》んでいたハオさんだったが、やがて厭らしい笑みを浮かべて反論してきた。

『そうか、ならば竜の革の交易を認める代わりに、こちらも飛行艇の権利を譲ってもらおう』

勝ち誇った顔でハオさんがそう言った。

そうきたか。

ナバルさんはどうするんだ？

そう思っていると、澄ました顔でナバルさんは言った。

「そらできませんな」

『なんだと！　一方的に要求だけしておいて、こちらの要求は呑めないというのか‼』

「そういう話とちゃいますねん」

『ならばなんだというのだ！』

「そもそも、あの飛行艇はウチ等のものとちゃいますねん」

『は？』

「あれは、とある人物が個人で作ったものでしてな。ワタシらも貸与《たいよ》ということで使わせてもろとんですわ」

『こ、個人だと……』

ハオさんが信じられないといった表情になった。

まあ、そうだよな。

飛行艇なんてもの、本来なら国が所有しているものだと思うよね。

でも、あれ、一応個人……っていうかアルティメット・マジシャンズの所有物なんだよね。

「というわけでしてね。飛行艇は交渉の材料にならんのですわ。ほんで、竜の革についてですけど、今認めるって言いましたな」

『な⁉　あれは飛行艇と交換ならばということだ！』

「これまたおかしな話しよりますな」

『なにがおかしいというのだ⁉』

「『飛行艇と交換なら竜の革は交易してもいい』そう言いましたな」

『それがなんだ！』

「おかしいでしょ。てっきり、希少なもんやから外国には売れんって言うのかと思たら、交換条件次第なら売ってもエエって」

『そ、それは……！』

「ということは、竜の革自体は売っても別に構へんと、そういうことでっしゃろ？」

『だから！　飛行艇と引き換えだと言っているのだ！』

「分かれへん人やな。アンタ、さっきからなにかと引き換えやったら竜の革売ってもエエって言うとんのやで？」

『な、は？』

「ただ、こちらが飛行艇は個人の所有物やから売れんって言うとるだけで、アンタ交易には応じるって言うたんやで？」

『……！』

うわ、完全に丸め込んだ。

ハオさん、怒りで顔を真っ赤にしてるけど、言い返せなくて黙り込んじゃったよ。

ナバルさんは、涼しい顔して出されたお茶を飲んでるし。

隣のオーグも、感心したような顔をしてナバルさんを見てるな。

「言うた言葉は呑み込めん。ということで竜の革は取引させてもらいますよって」

結局、ナバルさんは最後まで表情を変えず、最後はにこやかにそう言って竜の革の交易を突き付けた。

そんなナバルさんを睨み付けていたハオさんだが、最後の足掻《あが》きなのかまだ文句をつけてきた。

『……だが、そちらはなにも対価を示していないではないか！』

「そらこれから竜の革を取り扱うてるとことウチが交渉することですわ。お宅がとやかく言うことやおまへんな」

『ぐぎぎぎ……！』

最後の足掻きも軽くあしらわれ、ハオさんは歯ぎしりして悔しがっていた。

そのハオさんだが、補佐官からなにかを耳打ちされたあと、急に通訳であるシャオリンさんを睨み、怒鳴りつけた。

シャオリンさんはなにか言いたそうだったが、結局なにも反論せず、その言葉をこちらに通訳もしなかった。

なんだ？

そう思ったとき、オーグがシャオリンさんに話しかけた。

「どうしたシャオリン殿。その言葉は通訳してもらえないのか？」

シャオリンさんは、少し困った顔をしたあと、ハオさんが叫んだ内容を通訳しだした。

「あの……私があなた方に情報を流したんだろうと……そう言われました」

まあ、完全に事実だけどね。

結果としては、シャオリンさんの情報で国が交渉に負けた形になる。

だけど、そもそもシャオリンさんがその国の決定に納得していない立場なのだから、こうなることは必然だろう。

ただ、自分の国の人間に責められたら悲しくはなるよな。

「こちらからは以上ですな。まだなにかありますか？」

『……認めん』

「は？」

『竜の革の交易は認めんと言ったのだ！　この交渉は無効だ！』

この期《ご》に及んでまだそんなこと言ってるのか。

ただ、ハオさんが納得しないと交易が認められない。

勝手に取引をすれば、それこそ密輸入になってしまい今度はハオさんに大義名分《たいぎめいぶん》を与えてしまうことになる。

これ、交渉はどうなるんだ？

そう思っていると、ナバルさんは溜《た》め息《いき》を吐いて言った。

「今日の所はこれまでにしましょか。どうもそちらは冷静な判断ができてへんみたいですし」

ナバルさんはそう言うと席を立った。

「再度の話し合いは……そうでんな、そちらも協議とかあるでしょうから三日後に再開しましょか」

『……何度話し合いをしても変わらん！』

「子供同士の話し合いやないんやし、一回の交渉で全部纏《まと》まるわけあらしませんやろ？一遍《いっぺん》よう考えて、それから結論出しましょうや」

『……』

「ほな、三日後、また来るよって。それまで別のとこで宿取らせてもらいますから」

そう言って、ナバルさんは会議室を出て行った。

その後を俺たちとシャオリンさんも追おうとしたのだが、ハオさんがシャオリンさんにまたなにか叫んだ。

シャオリンさんは、今度は冷静に言い返すと俺たちに付いてきた。

「シャオリンさん、なにを言われたんですか？」

付いてきたものの、ちょっと悲しそうな顔をしていたので、なにを言われたのか聞いてみた。

「その……お前は一緒に行くことを許さんと言われたので、私がいないとこの国の言葉も分からない人たちを放っておけないと言って出てきました」

そう言って、笑いかけてくれた。

「そうですか……でも、良かったんですか？　結果としてクワンロンの国相手に喧嘩を売った形になると思うんですけど」

「いいんです。今回に関しては、私は完全にナバル殿側です。あのハオを言いくるめたとき、顔がニヤけるのを我慢するのが大変なくらいでした」

「……なにか、個人的に恨みでも？」

「あいつなんです」

「なにが？」

「あいつが、竜の禁猟と革の流通禁止を決定した張本人なんです！」

そう言うシャオリンさんの顔には、憎々し気な表情が浮かんでいた。

「なにを考えてるかは知りませんが、アイツが嘘の報告書を作成して法案を可決させてしまったんです」

「シャオリンさん……ミン家にとってハオさんは敵ってことか」

「はい。国がどうこうではなく、あいつ……ハオの思い通りにはさせたくありません」

「なんとも、子供っぽい理由だな」

「……」

オーグの皮肉っぽい物言いに、シャオリンさんは唇を嚙《か》んで黙り込んでしまった。

「まあ、そのお陰でこっちは有利に立てたんや。それでエエやないですか」

一瞬流れた微妙な空気を払拭《ふっしょく》するように、ナバルさんがオーグとシャオリンさんの間を取り持った。

「それにしても、凄かったですよ、ナバルさん。完全に丸め込みましたね」

「いやあ、はは。恥ずかしながらアレ、アウグスト殿下の真似ですねん」

「オーグの？」

どういうこと？

「実は、三国会談のとき、ワタシもあのハオと同じような要求をしましてなあ……そのとき言われたんですわ。あれは個人の所有物やから交渉には使えんて」

「そういえば、あったな、そういうの」

「アイツらはこっちのことをよう知りません。現状どうしても欲しがるもんちゅうたら飛行艇ですやろ？　でも、あれは魔王さん……っちゅうかアルティメット・マジシャンズのもんや。それを利用させてもろたんですわ」

「はあ……やっぱ国の代表になるだけあって、すごいですね、ナバルさん」

「褒《ほ》めてもなんも出ませんで？」

ナバルさんには茶化《ちゃか》されてしまったけど、これは偽らざる本心だ。

法の穴を突く交渉、こちらの情報を隠して相手から言質《げんち》を取ってしまう手腕。

どれも見事だった。

そう思っているのは俺だけではなかった。

「まったく、あのときにもこれくらいの交渉をしてくれていれば、話は早かったのだがな」

「そ、それは言いっこなしでっせ殿下。それにあのときは、あの生臭坊主がおったせいでちょっと感情的になってましたし」

「まあ、そういうことにしておこう」

「そういうことやのうて、そうなんですって！　ちょっと、殿下！」

ハオさんとの交渉では無敵感のあったナバルさんも、オーグ相手だと形無しだな。

まあ、友好国の王太子《おうたいし》だし、あまり強気には出られないか。

そんな話をしながら悠皇殿を出ると、来たときに乗った馬車は一台も停まっていなかった。

「ふむ、我々に貸し出す馬車はないということか」

俺たち、一応賓客になると思うんだけどな。

それにこの仕打ちって、かなり敵対視されてない？　俺たち。

「エエんちゃいます？　こんだけ敵対してくれた方が分かりやすうてエエわ」

とはいえ、馬車なしでどうしようかなと思っていると、シャオリンさんが声をかけてきた。

「皆さん、歩きになってしまいますけど、我が家へいらっしゃいませんか？　宿泊もウチでして頂ければ結構ですので」

「おお、ホンマかいな。この様子やと宿が取れるかも怪しいと思とったから丁度《ちょうど》ええわ」

「はい！　どうぞお泊まりになってください。それでは、こちらです」

シャオリンさんはそう言うと、俺たちの先頭を歩き始めた。

さすがに勝手知ったるというのか、迷いなくドンドンと進んでいくシャオリンさん。

そのすぐ後ろを使節団の人たちが続き、その後ろに俺たちが続いた。

警戒しながら。

「オーグ……」

「分かっている」

オーグに声をかけたのは、俺たちに敵意を向けている集団がいるから。

交渉が上手くいかなかったとはいえ、いきなり実力行使に出ようとするとはね。

「それにしても、全く敵意を隠そうとしてないな」

「本当にな。この国には索敵魔法《さくてきまほう》がないのか？　こんなに気配をだだ洩《も》れにしていてはすぐに気付かれるぞ」

敵意を察知してから、俺たちはシャオリンさんと使節団の皆さんを取り囲むように展開した。

そして、分かっているぞと、刺客たちのいる方向へ視線を向ける。

一見すると誰もいないように見えるが、索敵魔法にはしっかりと相手の魔力が見えている。

まさかバレているとは思わなかったのか、視線を向けると驚いたように魔力が揺らぎ、離れていった。

逃げたな。

「？　シシリー殿、どうしたのですか？」

シャオリンさんの隣で警戒に当たっていたシシリーに、シャオリンさんがなにごとかと訊ねている。

訊ねられたシシリーは驚き顔だ。

「どうって……シャオリンさん、狙われていましたよ？　いつ襲ってくるかも分からないので警戒してたんです」

「ね、狙われて⁉」

「⁉　ど、どういうことだ⁉」

シャオリンさんだけでなく、歴戦の戦士っぽいリーファンさんも驚いている。

こりゃあ、本当に索敵魔法、知らないな。

「俺たちは、離れた場所にいる者の魔力を感知することができます。この周囲に、敵意を持った魔力がたくさんあるんです」

「魔力を⁉」

「ええまあ。ただ、敵意に囲まれているのが分かってから、すぐに警戒しているところを見せましたし、隠れている刺客に視線を向けたら驚いて逃げていきましたから、もう大丈夫だとは思うのですが」

その俺の言葉に、シャオリンさんよりリーファンさんの方が驚いている。

「そ、そんな術《じゅつ》が……」

「どうやら、俺たちとは大分違う魔法の文化が育ってるみたいですね」

「どうやら、そのようですね」

「しかし、こうなるとシャオリンさんの家でも警戒を怠ることはできないみたいですね」

「そう……ですね」

国から理《り》不尽《ふじん》な法令を突き付けられ、さらに国から命を狙われる。

シャオリンさんは今どんな心境なんだろうな？

とりあえずの危険が去ったあとも、シャオリンさんは落ち込んだままトボトボと歩き続けた。

そして、やがて大きな家が見えてきた。

ただ……。

「着きました。あれが……え？」

シャオリンさんが指さしたのはその大きな家だったのだが、その家の前でなにやら揉み合いが起こっている。

片方は兵士っぽいけど、もう片方は……。

「な、なにをしているんですか！」

その揉み合いを見たシャオリンさんが一目散《いちもくさん》に走っていく。

すると、兵士と揉み合っていた方の人が叫んだ。

『シャオリンお嬢様⁉』

なんと言ったかは分からないけど、シャオリン、ってのは聞き取れた。

ってことは、あれってシャオリンさんの家の人かな？

『一体なにごとですか⁉』

揉み合いに割って入ったシャオリンさんは、兵士に向かってなにか叫んだ。

すると、兵士はこちらを睥睨《へいげい》したあと、舌打ちしてどこかへ行ってしまった。

なんだったんだ？

「一体なにごとですか？」

「分かりません、家の者に聞いてみないと」

「あ、やっぱり、この人たちはシャオリンさんの家の人たちなんですね」

「うちの使用人です」

『あなたたち、一体なにがあったの？』

俺たちに説明したあと、すぐに使用人さんになにかを話しかけた。

そして、しばらくやり取りをしたあと、こちらにも説明してくれた。

「なんでも、突然兵士がやってきて家の中を検《あらた》めさせろと言ったらしいです」

「おいおい、ここまで実力行使にきたのかよ」

「それは分かりません。もしかしたら、狙いはうちの倉庫に保管されている竜の革かもしれませんし……」

「それはありうるな。私たちに持っていかれるのならいっそ……と思っても不思議ではない。それを我々が着く前に実行しようとしたが失敗したと。そういうことじゃないか？」

「あの刺客たちは、その足止めか？」

「そうかもな。あわよくば討ち取って、私たちがここに来た痕跡《こんせき》を消してしまえばいい。もし問い合わせがあっても、そんな連中は来ていないと言い張れば済む話だしな」

「……シャオリンさん。シャオリンさんには悪いけど、この国のことが嫌いになりそうだよ」

「構いませんよ。私は大分前から嫌いです」

思わず出た本音に、シャオリンさんがまさかの同意だ。

でも、それも仕方ないのかも。

ずっと前から、国に理不尽を押し付けられているんだから。

「それはそうとして、皆さん是非上がってください。おもてなし致しますので！」

シャオリンさんはそう言うと、使用人さんになにかを話した。

すると驚いた顔をしてこちらを見たあと、深々と頭を下げてきた。

そして、腰の低い態度で俺たちを案内しだす。

「さ、付いて行ってください。個別に部屋は用意できないので、大部屋に男女が分かれるくらいですけど……」

「全然構いませんよ。夜露《よつゆ》が凌《しの》げるだけでも十分です」

「そう言ってくださると助かります。それでその……お荷物を置かれたら、お願いがあるのですが……」

シャオリンさんのお願い、ということは。

「お姉さんの治療、ですか？」

「……はい」

俺の言葉を肯定したシャオリンさんは、縋《すが》るような目でシシリーを見た。

そのシシリーは、にっこり微笑《ほほえ》んでいる。

「分かりました。すぐに伺います」

「ありがとうございます！　それでは、荷物を……って、シシリー殿は荷物などお持ちではないですね」

「ええ。すぐに向かいましょう。皆さんはお部屋に行っておいてください。すみませんがシン君の付き添いは認めてくださいますか？」

「姉には、シシリー殿の夫君だと説明しますので大丈夫だと思います」

「それでは、案内をお願いします」

「分かりました」

こうして、俺とシシリーだけ皆と別行動を取り、シャオリンさんのお姉さんの部屋に向かった。

シャオリンさんの家は、イーロンの他の家と同じく二階建てで、足元はフローリングだった。

部屋の扉もドアで、襖《ふすま》とかじゃなかったな。

そうしていくつかの部屋を過ぎていき、ある部屋の前で止まった。

「この部屋です」

シャオリンさんはそう言うと、緊張した面持《おもも》ちでドアをノックした。

するとと中から男性の声で返事が聞こえた。

『シャオリンです』

シャオリンさんがそう言うと、部屋の中からガタッという音が聞こえ、すぐにドアが開けられた。

部屋の中から現れたのは、二十代半ばくらいの男性。

少し長めの黒髪で、ちょっと優男風な人だな。

『――――――――？』

『――――――――――――――――――』

出てきた男性とシャオリンさんがなにやら話をしているけど、初めに『シャオリン』って聞いたのは分かった。

少しの間、興奮した男性と話をしていたが、こちらを振り向き、手を向けながらまた何か話した。

「失礼しました。こちら、姉の夫のユンハ義兄様《にいさま》です」

『────！　────！』

「ユンハです、よろしくお願いしますと言っています」

男性が頭を下げながらなにか話していたけど、自己紹介だったか。

では、こちらも。

「俺はシンです。こちらは妻のシシリー。今回、あなたの奥さんの治療を担当します」

「よろしくお願いします」

「今回治療をするのはシシリーですが、俺はシシリーの治癒魔法の師匠にあたります。なので今回、同席させていただくことをお許しください」

『そうなんですか。もしものときはよろしくお願いします』

シャオリンさんの通訳と仲介で、お互いの自己紹介と今回の治療に俺の同席を認めてもらうように伝え、それも了承された。

『それでは、中へお入りください』

ユンハさんに促され、俺とシシリーは部屋の中に入った。

そこには、シャオリンさんをもっと女っぽく年上にした女性がベッドの上にいた。

とはいえ、上半身は起こしており全く動けないという状態ではなさそうだ。

その女性は、シャオリンさんを見るなり目を潤《うる》ませて手を広げ、近付いてきたシャオリンさんを強く抱きしめた。

そして、二言《ふたこと》三言《みこと》言葉を交わすと、二人そろってこちらを見た。

「シン殿、シシリー殿、こちらが私の姉、スイランです」

「スイラン、デス、ヨロシク」

「え……スイランさん、言葉が……」

「姉も私と同じく、西方の言語を勉強していましたから。多少は話せるんです」

「そうですか。俺はシンと言います。こちらは妻のシシリー。今回治療はこちらのシシリーが担当します」

「シシリーです、よろしくお願いします」

「ヨロシク」

たどたどしいが、通訳なしで言葉を交わせた。

俺たちは西方の共通語しか喋れないから、これは凄いことだと思う。

『――――』

『────────』

シャオリンさんとスイランさんがなにか話してるけど、少ししてもう一度こちらを向いた。

「シシリー殿の治療の件と、シン殿の付き添いを了承してもらえました。早速治療を開始して頂きたいのですが……」

「あ、はい！　分かりました」

シシリーはそう言うと、スイランさんの寝るベッドに近付き掛布団をめくろうとした。

掛布団に手をかけた時点でこちらを見てきたので、俺とリーファンさんは身体の向きを変え、そちらを見ないようにする。

ユンハさんはスイランさんの夫なので、そのまま見ているらしい。

しばらくすると、シシリーの「凄い」や「これでこんな……」などの声が聞こえてきた。

「どうシシリー、いけそう？」

しばらく診察《しんさつ》していたシシリーに、一応声をかける。

「あ、はい。この呪符のお陰ですかね、治療院に来られた方とほぼ変わりない状態が保てています」

とのこと。

呪符ってそんなに凄いのか。

そう思って、一緒にいるリーファンに声をかけた。

「なあ、呪符ってなんであれだけで起動すんの？　あと、持続すんの？」

「ああ、あれは、魔石を細かく砕いたものと墨を混ぜ合わせているんだ。起動するのに魔力がいるけど、一度起動してしまえば魔石の魔力がなくなるまで持続する」

「ほええ、魔石をそんなことに使ってんのか」

「この地域は割と魔石が採れるからな。エルスにいたとき魔石が市場に出たのを見たことがあるが、値段を見て驚愕《きょうがく》したぞ。こちらではもっと安価に買える」

「そうか。ってことはこの国って火山とか断層とか多いのか」

魔石は、高温、高圧がかかるところで多く産出されるからな。

そう思っての独り言だったのだが、リーファンがその独り言を聞き、さらに説明してきた。

「あるにはあるが、そんなに多くはないぞ？　魔石鉱山というのがあってな、そこで結構な量の魔石が採れる」

「……え？」

魔石鉱山？

それ専門に採掘してる鉱山があるってこと？

「それって、どういう……」

『────────!!』

俺が魔石鉱山について聞こうとしたとき、後ろから大きな声が聞こえてきた。

一瞬そちらを向こうとしたけど「まだこっち見ちゃ駄目です!!」というシシリーの大きな声で、なんとか踏みとどまった。

しばらく待つと振り向いてもいいという許しが出たのでそっちを見ると、目に入ってきたのは涙を流して抱き合うスイランさんとユンハさん、そしてそれを見て泣いているシャオリンさんの姿だった。

「シシリー？」

その三人の横で椅子に座ってホッとした表情をしているシシリーに問いかけると、シシリーはこちらを見てニコッと微笑んだ。

「治りました。これでもう大丈夫ですよ」

「そうか。よく頑張ったね、シシリー」

「いえ、シン君のお陰です。シン君が教えてくれたお陰で、スイランさんの病気を治すことができたんですから」

「でも、頑張ったのはシシリーだよ。だから、胸を張っていいよ」

俺はそう言って、シシリーの肩に手を置いた。

するとシシリーは俺の手に自分の手を添えた。

「はい。ありがとうございます、シン君」

そう言うシシリーの顔は、ちょっと照れくさそうにしつつも嬉しそうだった。

スイランさんの病気も無事に治すことができたし、シシリーの自信にも繋がった。

こっちは良い感じで収まったな。

そう思い、俺はリーファンにさっきの話の続きを聞こうと思った。

「そういえばリーファン、さっきの話なんだけ……」

そう途中まで聞きかけたとき、スイランさんとユンハさんが興奮した様子で話し始め、ユンハさんが慌てて外に飛び出していった。

な、なんだ？

「すみませんシン殿、お姉様とお義兄様がどうしても皆様にお礼をしたいと言っていまして、夕食を祝いの席にして歓待したいとお義兄様が飛び出して行ってしまったんです」

ああ、そういうことか。

なにごとかと思ってびっくりしたわ。

そう思ってユンハさんが出て行った扉を見ていると、スイランさんが話しかけてきた。

「シシリー、サマ。シン、サマ。アリガト、ゴザマス」

そう言って、深々と頭を下げた。

そんなスイランさんを見て、シシリーは椅子から立ち上がり、スイランさんの肩に手を置いた。

「頭を上げてください、スイランさん。私は、私のできることをしただけですから」

そう言って微笑んだ。

そんなシシリーを見たスイランさんが、なにかをポソッと呟いた。

その呟きを聞いたシャオリンさんが、おかしそうにプッと噴き出した。

なに？

「あ、すみません。今お姉様がシシリー殿のことを『天女様《てんにょさま》』と言ったものですから。どこに行ってもシシリー殿はそういう風に見られるのだなと思ってしまって」

「天女？」

「クワンロンでは、そちらで言う聖女様のことを天女様と言うのです」

「ああ、そういう」

「神様に愛された女性や、神様のような女性という意味です。そういえば、シン殿は魔法使いの王だけでなく、神の御使《みつか》いと呼ばれているとか。そう考えると、シン殿とシシリー殿は本当にお似合いですね」

シャオリンさんはそう言うと、スイランさんに何ごとか囁いた。

スイランさんはシャオリンさんの言葉を聞くと、俺とシシリーを見てコクコクと頭を縦に振った。

ああ、今の話をスイランさんにしたな。

っていうか、そういう話は広めないでほしいんですけど。

そうして少しの間スイランさんと話していたけど、病気が治ったとはいえまだ病み上がり。

体力も大分消耗《しょうもう》しているみたいなので、しばらく休んでもらうことにして、俺たちはスイランさんの部屋を出た。

シャオリンさんとリーファンさんは引き続き部屋に残るそうだ。

部屋を出ると、さっき皆を案内した使用人さんが部屋の前に待機しており、俺たちを案内しだした。

っていうか、シャオリンさんかリーファンさんがいないと話が通じないんだけどな。

まあ、部屋に案内するだけなら大丈夫か。

そう思って、使用人さんのあとを付いて行く。

程なく、宿泊のための部屋ではなく応接間のようなところに通された。

そこには、すでに皆が普段着に着替えて寛いでいた。

「あ、シン、シシリー、終わったの？」

マリアが出されたジュースを飲みながら、話しかけてきた。

「ああ、無事スイランさん……シャオリンさんのお姉さんの病気は治ったよ」

「はい。無事治療することができました」

俺とシシリーがそう言うと、皆から、おお、という声が聞こえてきた。

特にエルスの使節団の人たちは、あからさまにホッとした表情をしていた。

「それはそれは、なによりですわ。それで、お姉さんと詳しいお話とかはできそうですか？」

「そうですね。まだ体力の消耗が見られますが、よく食べてよく休めばすぐ回復すると思いますよ」

ナバルさんの質問にシシリーがそう答えると、ホッとした表情から今度は嬉しそうな顔に変わった。

「それはそれは。そしたらあとは、竜の革の取引についての相談ということですな。今回聖女様が頑張ってくれたおかげで、こちらに有利に話が進められそうですわ」

「お役に立てたのなら幸いです。でも、スイランさんはようやく病気が治って嬉しそうですので、できるだけ無茶な要求はしないであげてくださいね？」

「あ、あははは。そらもう、分かっとりますがな！」

ナバルさんはそう言ってるけど、口元がヒクヒクしているのを見逃さなかった。

……するつもりだったな。

シシリーと話したあとのナバルさんは、急いで使節団の人たちと打ち合わせを始めたから、ちょっと要求の内容を変更しようとしてるんだろうな。

ホント、利益が取れると思ったらどこまでも搾《しぼ》り取ろうとするんだか……。

「あ」

取れるで思い出した。

さっき、リーファンさんに話を聞こうと思ってすっかり忘れていた。

「どうした、シン」

「いや、実はさっきリーファンさんから凄い話を聞いたんだけど」

俺がそう言うと、話しかけてきたオーグだけでなくナバルさんたち使節団もこちらに興味を示してきた。

凄い話、に食いつきすぎだろ。

「で？　で？　凄い話ってなんですの？」

ナバルさんは儲《もう》け話《ばなし》の匂いを嗅ぎ付けたのか、満面の笑みだ。

「実はさっき、この国で使われてる呪符について聞いたんですけど」

「……なんや、魔法の話ですかいな」

儲け話かと思いきや始まったのが魔法の話だったので、ナバルさんは途端に興味をなくしたような表情になった。

露骨すぎ。

「実はあの呪符ってさ、一度起動したらしばらく効果が持続するんだってさ」

「たしかに、私が剝《は》がしたときも、まだ魔力の動きが感じられました」

「へえ」

シシリーの言葉に返事したのはアリスだ。

あまり分かってないっぽい。

けど、その事実に気付いた人もいた。

「ちょ、ちょっと待ってぇ！　貼ったあとも効果が持続してたぁ？　それって人の手を離れてもってことぉ⁉」

ユーリが珍しく興奮した様子で食いついてきた。

やっぱり、ユーリなら気付くよな。

「それっておかしいッスよ！　あれって魔道具なんすよね？　魔道具なら人の手を離れたら起動しなくなるはずッス！」

実家で魔道具の製作もしているマークもその異常性に気付いた。

「確かに、人の手を離れても魔道具が起動し続けるのは、魔石を使用した場合の……み」

そこまで言って、オーグは気付いたらしい。

「まさか……その呪符とは」

「ああ、墨に砕いた魔石を練りこんだもので書いているらしい」

その言葉にいち早く反応したのは、ナバルさんだった。

「魔石を墨に混ぜるうっ⁉　なんちゅう勿体ないことしよるんや‼」

その顔はマジで激おこだった。

アールスハイド王都にあるウォルフォード商会で、洗浄機能付きトイレを発見したとき以来だ。

なんで話してくれなかったのかと、問い詰められたときと同じ顔してるよ。

そんなナバルさんに、魔道具を製作する側の人間であるユーリとマークも同意している。

「本当よぉ。そんなことしたら、あのお札一枚で幾らになるか想像もつかない値段になるわよぉ？」

「それが用意できるほど、シャオリンさんの家は裕福なんスか……」

確かに、俺も最初はそう思ったよ。

けど。

「それがさ、どうも違うらしい」

「「「え？」」」

ナバルさん、ユーリ、マークの三人の声が重なった。

「さっき、リーファンさんが言ってたんだよ。エルスで魔石を見たとき、その値段に驚いたってな」

「値段に……ということは！」

さすが、オーグはいち早く気付いた。

「ああ。高すぎてビックリしたそうだ」

俺の言葉に、皆の、特にナバルさんの息を呑む音が聞こえる。

「なんでも、魔石鉱山というのがあるらしい。そこから結構な量の魔石が採掘されるらしくて……」

そこまで話したときに、ナバルさんに「ガッ」と肩を摑まれた。

「ナ、ナバルさん？」

「魔王さん！　そらとんでもない話やないですかあああああっっ‼」

今まで見たことがない表情で絶叫した。

「こらえらいこっちゃ！　竜の革もそうやけど、安価で魔石が仕入れられるなんて情報、誰にも漏らしたら……あ」

ナバルさんはそう言うと、ギギギとオーグの顔を見た。

オーグは……ニヤッと笑って、悪そうな顔をしていた。

「スマンな、ナバル外交官。しっかりと聞かせてもらった。当然、うちも魔石の買取に参加させてもらうぞ？」

その言葉を聞いたナバルさんは、ガックリと膝《ひざ》をついた。

「魔石の独占販売ができたら、大儲け間違いなしやったのに……」

そう言って絶望に打ちひしがれるナバルさんだったが……。

「いや、別に独占でなくても、魔石交易のルートを築いたとなれば相当な功績《こうせき》だぞ？それこそ、次期大統領の座すら狙えるのではないか？」

そうだよな。

安価で売られるほど魔石が発掘される鉱山と取引することができれば、独占でなくても大儲け間違いなしだ。

そんな西側諸国初の快挙に携わったのなら、とんでもない功績だろ。

それに気付いたのか、ナバルさんはすぐに復活し使節団の人たちを集めた。

「こら、ぼやぼやしとる間はあらへんで！　すぐに魔石の交易に関しての打ち合わせをせな！」

そう言うや否や、ナバルさんは使節団の人たちと打ち合わせを始めてしまった。

「やれやれ、こんなことがあるとはな。竜の革の取引については、最初に話を聞いたエルスに優先権があると思って主張しなかったが、魔石の話を聞きつけたとなるとそうはいかん。うちも噛ませてもらうぞ」

「まあ、それを決めるのは俺じゃないけど。結局、交渉もこっちの……なんだろ、魔石商とかっているのか？　その人たちとの話だろ？」

「いや、できれば魔石鉱山と直接取引したい。それはどこにあるのだ？」

「まだそこまでは聞いてないんだよな。それに……」

「それに？」

「ちょっと、気になることがあるんだ」

俺がそう言うと、オーグは黙り込んでしまった。

「なんだ？」

「いや……お前の気になる話ってのは碌《ろく》なことがないからな……聞くのが怖いな」

とは言ってもな。

それにこれ、俺じゃなくてオーグが聞いても気になった話だと思うぞ。

「実はな、そんだけ魔石が採れるなら、さぞかしこの国には火山や断層が多いんだろうなと思ったんだよ。でも……」

「おい、まさか違うのか？　それとも、お前の説が間違っていたのか？」

「それはない。実際に実験して実証したし、魔石に高温高圧が必要なのは間違いない」

「では……」

「ああ、この国には、それほど火山も断層も多くはないってことだ」

その話をしたら、皆黙り込んでしまった。

「え？　どういうこと？」

アリスは、分からなくて沈黙してただけらしい。

そんなアリスを見て、リンははあっと溜め息を吐いた。

「あのねアリス。ウォルフォード君が言った条件で魔石が生成されてないってこと」

「え？　なんで？」

「だからおかしいってことだよねえ」

リンの説明でも分かってないアリスに、トニーが追加で説明した。

「魔石の生成にはシン殿の発見した条件が必要なのは間違いないはずです」

「しかし、そうでないのに魔石が採れるってことはどういうことだと思うで御座るか？」

トールとユリウスの質問に、アリスは少し考えたあと、こう言った。

「誰かが埋めた、とか？」

そう言ったあと、自分でもそれはないと思ったのか「なんちゃって、あははは」と笑いだすアリス。

けど……。

「あながち、間違いじゃないかもな」

「はえ？」

言った本人のアリスは、まさか肯定されるとは思ってなかったのか、間抜けな顔をして固まってた。

そして、オリビアが決定的なことを言った。

「つまり魔石鉱山には、魔石を生み出す遺跡があるかも……ってことですよね？」

「正確には、魔石を生成する装置……かな」

俺は部屋の隅で喧々囂々《けんけんごうごう》と協議しているエルスの面々を見ながらそう言った。

「この話は、エルスだけでなくシャオリンたちにも言わない方がいいな。言ったらとんでもない火種になるかもしれん」

「それって……」

オリビアが恐々といった感じで聞いてきた。

「その装置を巡って戦争が起きてもおかしくない」

「せ、戦争……」

「とりあえず、クワンロン側も魔石の生成条件を知っているとは思えん。たまたま魔石が沢山採れる鉱山がある、という程度の認識だろう。そうでなければ、先程の会談の際に魔石の件も交易条件に入っていなければおかしい。我々にとっては、それほどのカードだ」

「だな」

さっきの会談では、竜の革と飛行艇にのみクワンロン側の意識は向いていた。

おそらくクワンロンにとって、魔石とはその鉱山からいくらでも採れるありふれた資源なんだろう。

だから気にも留めなかった。

そしてその事実は、俺たちにとって非常に有利である。

クワンロンが気付かないうちに魔石鉱山と直接契約をし、魔石を安価に仕入れる。

気付いたときにはもう遅いって寸法だ。

……。

「なんか、悪徳商人になった気分だな……」

「商売上の駆け引きなんてそんなもんだ。いかに相手から欲しい物を安く仕入れられるか。突き詰めればそれに尽きる」

「そうなんだろうけど、なんか騙してる感が……」

「こちらが言っていないだけ、向こうが気付いていないだけで嘘は吐いていない。つまり、騙してはいないさ」

「詭弁《きべん》っぽい」

「詭弁だぞ」

「分かってて言ってるのが怖いな」

「ふ、そう褒めるな」

「褒めてねえよ……」

怖い。

怖いよ、商人と王族。

俺にはこういう交渉は無理だ。

なんか、つい相手に遠慮しちゃうっていうか……。

俺のウォルフォード商会でも、そういう交渉関係は全部専門の人に丸投げしちゃってる。

俺は商品開発だけしてればいいやってね。

適材適所だよ。

ナバルさんの方も、魔石の件は交渉の席では口にしないということで意見が一致していたらしく、すぐに話がまとまった。

そうして新たな打ち合わせをしていると、応接室のドアがノックされた。

「はい、どうぞ」

俺の返事で入ってきたのは、シャオリンさんとリーファンさん、それとスイランさんとユンハさんだ。

一緒に入ってきたスイランさんを見て、シシリーが慌ててソファから立ち上がった。

「駄目ですよスイランさん！　まだ安静にしていないと！」

シシリーはそう言って、すぐにソファにスイランさんを座らせた。

そのソファに座っていたマリアとアリスは立ち上がり、対面のソファの後ろに立った。

「すみません、どうしてもお姉様が皆様とお話をしたいと言って聞かなくて……」

「スグ、オワリマス」

スイランさんはそう言うと、なにかをシャオリンさんに話した。

その内容は。

『商売の話がしたいのです』

とのことだ。

「商売の話ですか。そしたら、竜の革の値段や取引させてもらう量なんかについて話し合いましょうか」

ナバルさんがそう言うが、スイランさんは意外にも首を横に振った。

『竜の革の話ではありません』

スイランさんは、俺たちをジッと見て口角をあげた。

『魔石の話です』

その瞬間、俺たちの間に緊張が走った。

まさか……スイランさんは、魔石が西側諸国で高値で取引されていることを知って……。

そう思ってシャオリンさんを見ると、苦笑を返された。

そうか、さっきリーファンさんが言ってたじゃないか。

エルスで魔石を見た、って。

リーファンさんが外国でシャオリンさんを一人にしてウロウロしていたとは考えにくい。

ということは、そのときシャオリンさんも一緒にいたはず。

ということは、俺たちと同じことを考えてもなんら不思議じゃないってことか。

そう思ってリーファンさんを見ると……。

なんか青い顔してる。

どうした？

「シン殿、一つお聞きしたいのですが、クワンロンでの魔石の購入額について、なにか聞いていますか？」

「え？　ええ、具体的な金額は知らないですけど、かなり安価だとか」

「はあ……やっぱり」

ん？

あ、これ、ホントは内緒にしときたかったことか。

それをリーファンさんがうっかり喋ったから俺たちに情報が入ってしまったと。

だからリーファンさんが青い顔してるのか。

このあと、どんな罰を受けるのかとリーファンさんに同情していると、苦笑していたシャオリンさんが口を開いた。

「リーファンは護衛としては非常に優秀なのですが、商売上の話には関わってきませんでしたからね。まあ、口止めをしていなかった私に非があるので責めるわけにもいきません」

口止めしてなかったのかよ。

そらまあ、なんも言えないわな。

むしろ、シャオリンさんがスイランさんに怒られるんじゃないの？

もしかして、これだけすぐに魔石の話を持ってきたってことは、すでにコッテリ怒られたあとか？

『本来なら、こちらでの魔石購入額は教えないで吹っ掛けることもできたのですが、あなた方は命の恩人です。そんな恩を仇《あだ》で返すような真似はいたしません。ですから、シャオリンとリーファンを責めるつもりもありません』

あ、シャオリンさんとリーファンさんが、あからさまにホッとした顔になった。

ってことは、怒られはしなかったんだな。

『さて、恐らく皆さんはクワンロンから魔石を購入し、そちらの国で高値で売ることを検討しているかと思います』

「まあ、まさにその話し合いをしとったとこやな」

ナバルさんがそう言うと、スイランさんは納得したように頷《うなず》き話を続けた。

『しかし、あなた方に魔石を購入する先の伝手《つて》がありますか？』

「それは……」

『一から探すとなると大変でしょう。どこの魔石が安いのか、どこの業者が信用できるのか。それを調べるだけでも一苦労かと思います』

そこで、とスイランさんは一息つくとこう言った。

『私どもに仲介をさせて頂けませんか？』

「仲介……でっか」

『ええ。あなた方は竜の革の買い付けにこられたと伺いました。ですが、その交渉は難航しているのではありませんか？』

「難航ちゅうか、相手がうんと言わん状況やな」

『それはそうでしょう、なにせあのハオにはある目論見《もくろみ》があるのですから』

「目論見？」

『ええ、それは……』

スイランさんの言葉を聞いて、まず驚いたのはシャオリンさんとリーファンさんだ。

二人も知らなかった内容なのか？

そして驚きつつも、俺たちに通訳してくれた。

『ハオの狙いは……竜の革業者が資金不足で全滅した頃合いを見計らって法令を撤廃し、竜の革の利益を独占することなのですから』

その言葉を聞いて、俺たちは絶句した。

竜の革は、こちらでも高級品だと聞いている。

確かにその利益を独占することができれば、途轍もない財産が手に入る。

とはいえ、自分の私利私欲のために法律まで変えようとするなんて、どんだけ悪人なんだ。

『ハオは、私が竜革組合を作り利益を上げ始めたことで、竜の革に注目し始めました。それまで竜なんて興味も持たなかったくせに』

スイランさんも、通訳しているシャオリンさんも悔しそうだ。

『奴は虎視眈々《こしたんたん》と機会を窺っていたのです。そんな折、私が病《やまい》に倒れてしまって……』

付け入る隙を与えてしまったと……。

『気付いたときにはもう遅かった。丁度組合がゴタゴタしている時期でしたし、誰もハオを止められなかった』

「まれに見るクズやな、アイツ」

利益優先を掲げるエルスのナバルさんだが、ハオのやり口には一つも賛同できないらしい。

そうとう怒ってる。

『そんなハオです。簡単に首を縦に振るとは思えない。もしかしたら、今回の竜の革の取引もできないかもしれない。もうすでに、いくつかの業者は潰れているのです』

スイランさんは、唇を噛み締めながらそう漏らした。

『そこで魔石です。魔石はこの国ではありふれた資源です。ハオも魔石のことなど全く眼中にない。その隙を今度は私たちが突きたいのです！』

スイランさんはそう言うと、ヨロヨロとソファから立ち上がった。

「スイランさん！」

シシリーが慌てて手を伸ばすが、スイランさんはナバルさんとオーグの手を取った。

『お願いします！　この魔石の取引は、私どもにとって降って湧いた幸運！　これを逃すことはどうしてもできないのです！』

スイランさんは、なりふり構わずナバルさんとオーグに懇願《こんがん》した。

『お願いします！　お願いします！』

シャオリンさんから聞いていた話では、スイランさんはやり手の女主人だとのこと。

普段はこんな懇願なんてしないんだろう。

それが、ここまで必死になっている。

俺はチラリとナバルさんを見た。

オーグとナバルさんも、オーグとナバルさんも、お互いを見合っている。

そして、フッとお互い笑みをこぼした。

「スイランさん、頭をお上げください」

「そこまでお願いされたら、嫌とはいえませんがな」

その言葉を聞いたスイランさんは、ガバッと頭をあげた。

『で、では！』

「ええ、アールスハイドと……」

「エルスの魔石の仲介は、スイランさんの商会にお願いすることにしますわ」

その言葉を聞いたスイランさんは、ボロボロと涙を流し始めた。

そして、二人の手に額を付け。

『ありがとうございます！　ありがとうございます……』

そう言って泣き崩れた。

そのスイランさんを見て、シシリーがすぐさま治癒魔法をかけた。

体力が落ちている中での必死の懇願で相当体力を使ったのだろう。

治癒魔法を受けたスイランさんがソファに座りなおしたときは、ちょっとグッタリしていた。

「大丈夫ですか？　あまり無理を……」

『大丈夫です、天女様。天女様のお陰で問題ありませんわ』

「そうですか……」

ちょっと力ない感じだったけど、笑みを浮かべたのでシシリーはちょっとホッとしている。

シャオリンさん、リーファンさん、ユンハさんたちもホッとしたのか、この先の目途がたったことに安心したのか、目に涙が浮かんでいる。

売り物を売ることができず八方塞《はっぽうふさ》がりの中での光明だからな。

そら嬉しいだろう。

「それにしても、なんや情に絆《ほだ》されてもうたなあ……」

「まあ、いいではないか。確かに面倒ごとはなくなったのだし」

「そらまあ、そうですけど」

『あの……』

オーグとナバルさんがそんな会話をしている中に、またスイランさんが入ってきた。

今度はなんだ？

『そちらには他にも国が？』

「ええ、今回参加しとるのは、我々エルスと……」

「我々アールスハイドの二ヶ国だけだが、そのうち他の国も外交に出てくると思うぞ」

『それでしたら……』

スイランさんは、先程までの涙を感じさせない見事な笑顔で言った。

『その国の魔石の仲介も、我が商会でお願いしますわ』

その笑顔を見て、唖然《あぜん》とするナバルさんとオーグ。

そして……。

「こら、一本取られましたわ」

ナバルさんはそう言って笑いだした。

俺たちも、商魂逞しいスイランさんを見て、思わず笑ってしまった。

通訳をしているシャオリンさんは、凄く恥ずかしそうだった。

スイランさんと魔石の仲介についての話をしたその日の夜、出された夕飯は宮殿で出されたものに比べても遜色ない素晴らしいものだった。

皇帝が鎮座《ちんざ》しているような堅苦しい食事ではないため、皆その豪華な料理を思う存分に堪能していた。

その宴《うたげ》の席には、スイランさんも同席しており、皆と同じようなものは食べられないものの、一緒のテーブルでご飯を食べた。

今までは、自室のベッドでの食事だったので、食堂に姿を見せたことで使用人さんの中には涙を流して喜んでいる人までいた。

よほど慕われてるみたいだね、スイランさん。

楽しい夕食の席ではお酒も振る舞われ、俺たちも頂いた。

西側諸国でよく飲まれているエールやワインなんかとは違い、なんか薬っぽい味がするな。

「それはもち米から作ったお酒です。クワンロンでは一般的に飲まれているものですよ」

皆一口飲んで微妙な顔をしていたからか、シャオリンさんがそう説明してくれた。

もち米か。

紹興酒《しょうこうしゅ》みたいなもんかな？

やっぱり、この国は中国の文化に近いみたいだ。

位置的にも、アールスハイドのある西側から大分束だし、独自の文化が育ったって感じだ。

ということは、そのさらに東には日本みたいな島国とかもあるんだろうか？

なんか地形的に、西側諸国とクワンロンがある大陸ってユーラシア大陸っぽい感じがするし、もしかしたら南側にはまた新たな大陸とかあるんだろうか？

俺たちはいつものネックレスを着けたままお酒を飲んでいたのでほろ酔い程度だったのだが、ナバルさんたちはそのネックレスを着けていると酔えないことに気付き、そうそうに外してしまっていた。

その結果、今、へべれけになっている。

……招待された家でへべれけになるって、どうなのよ？

さっきのやり取りで、よっぽど心を許しちゃったのかね。

商人仲間として。

スイランさんも、へべれけになっているナバルさんたちに対して、この場で商売上の話などは一切しなかった。

こんだけ酔ってたら、自分に有利な話にどうとでも持っていけるんだけどね。

さすがに、それは仁義に反していると分かっているんだろう。

それに、スイランさんも生粋《きっすい》の商人っぽいし、対等な条件で交渉とかしたいんだろうな。

こうして、この日の夕食は楽しく進んでいった。

ただ、気になるのは、このミン家の周辺を取り囲んでいる勢力がいることだ。

それは俺たちだけでなく、護衛の人たちも気付いており、その人たちは一切お酒を飲んでいない。

俺たちも、それが分かっているからネックレスは外さなかった。

酔っぱらってくだを巻いているナバルさんたちを見て笑い、時折周囲に索敵魔法を展開して潜んでいる者たちの動向を探り、そしてまた食事に戻る。

そういうサイクルをこなしているうちに食事の時間は終了した。

そして、俺たちも各々の部屋に戻る前に、シャオリンさんから呼び止められた。

「なにやら、時折意識が他に向いていたように見えたのですが……なにかありましたか？」

索敵魔法が使えないシャオリンさんが、そう言ってきた。

「いえ、昼間と同じ輩……かどうかは分かりませんが、この家、囲まれてますよ」

俺がそう言うと、シャオリンさんは驚いて固まってしまった。

スイランさんに催促《さいそく》されるように通訳をすると、スイランさんも固まった。

そして、深い溜め息を吐いた。

『ここまでするなんて……この国は、本当に腐っていますね』

「……この国の方を前にしてこう言うのはなんですが、自分もそう思います」

『まあ、腐っているのはハオなどの一部の高官だけなんですけど……押さえられない時点で皆同罪です』

辛辣だな。

でもまあ、スイランさんもその国からの理不尽を受けている被害者だからな。

自分の国であろうと嫌いになるのも無理はない。

でもまあ、第三者から言われるのは、また違うんだろうけどな。

『ウチの私兵に警戒するように通達しておきます。本当に腹立たしい！』

スイランさんは、本気で怒っていた。

その姿は、今日会ったばかりの俺から見てもちょっと怖い。

これが体調万全だったら、どれくらい恐ろしいのだろうか？

スイランさんが、若くして女性の身で組織のトップに立てたのもなんとなく分かるような気がした。

とりあえず、酔い潰れたナバルさんたち使節団の面々を部屋に放り込んだあと、悠皇殿でも使った侵入防止の魔道具を、今度は家全体を覆うように展開した。

とりあえず、これで家に襲撃をされることはなくなる。

それでも一応ミン家の私兵の方には見回りをしておいてもらう。

もし、襲撃を仕掛けてきた際、捕らえて犯罪の証拠とするためだ。

まったく、これもハオさ……もうハオでいいや。
ハオの仕業なのかねえ。
ここまでするって、ちょっと妄執を感じるんだけど。
今回のこと、よっぽど焦《あせ》ってるのかな？
結構なエリートっぽい人だったし、挫折《ざせつ》は許せないタイプなのかも。
まあ、そんなこと俺たちには関係ない話だけど。
もし本当に襲撃してきたら、益々《ますます》こちらに有利になっていくし。
むしろ襲ってきてくれないかな？
そんなことをオーグに言ったら、メッチャ怒られた。
自覚が足りんってさ。
冗談じゃん。

◆

『工作員どもはなにをしていたのだ！』
昨日と同じく、深夜の執務室で、ハオが大声で補佐官を怒鳴りつけていた。
怒鳴りつけられた補佐官は、恐怖で縮こまっている。

『あれだけ大人数で取り囲んでおきながら、誰にも手を出せなかっただと⁉』

『はっ！　そ、それが……襲撃をかける前にこちらの動きを察知されたらしく……迂闊《うかつ》に手を出せなかったと……』

『はあ⁉　奴らはこの国でもトップの工作員だろうが！　バレるはずがないだろう‼』

『わ、私もそう思うのですが！　しかし、現場に出ていた工作員全員の話によると……当てずっぽうではなく、確実にこちらを捕捉していたと……』

『ぐぬぬっ！　役立たずどもめ！　お前らがグズグズしているから、ミン家の竜の革を差し押さえることもできなかったではないか‼』

『も、申し訳ございません！』

『こうなったら仕方がない……』

ハオはそう言うと、酷薄に顔を歪ませた。

『ミン家には申し訳ないが、家族全員、強盗に遭って死んで頂こう。その際、不幸にも他国の使者が巻き込まれるかもしれんがな』

ハオのその言葉を聞いた補佐官は、すぐに工作員に指令を出した。

ミン家を襲撃し、皆殺しにしろと。

その際、竜の革を持ち出すことを忘れるなとの指示も忘れなかった。

そして指令を出してから数時間後。

補佐官は、またしても顔面蒼白《がんめんそうはく》になっていた。

今からこの報告をしなければいけない。

そう思うだけで胃に穴が開きそうだった。

だが、報告しないわけにはいかない。

そう思い、意を決して執務室のドアをノックした。

『入れ』

『し、失礼します』

補佐官が執務室に入るなり、ハオはニヤニヤしながら補佐官の報告を待った。

このとき、ハオはミン家が皆殺しになり竜の革も全て回収したという報告だけを待っていた。

だが、実際に報告されたのは全く違う内容だった。

『ほ、報告します……ミン家の襲撃は失敗。なんらかの結界が張ってあり、屋敷に侵入することも敵わなかったと……』

その報告を聞いた瞬間、ハオは机を思いっきり叩いた。

『私はそんな報告は望んでいない！　なぜそんな報告をするのだ、お前は‼』

『で、ですが事実です！　し、しかも……』

『なんだ⁉　まだなにかあるのか‼』

次に補佐官がした報告は、ハオに途轍もない衝撃を与えた。

『襲撃した工作員の数名が捕縛され……ミン家に連行されたと……』

補佐官がそう言ったとたん、ハオは机の上にあった文鎮《ぶんちん》を補佐官に思い切り投げつけた。

その文鎮は、ハオがそんな行動を取るとは予想もしていなかった補佐官の頭に当たり、出血させた。

だがハオは、そんな補佐官の様子など一切気遣うこともなくがなり立てた。

『捕らえられた⁉ 捕らえられただと⁉ お前、それがどういう意味か分かっているのか‼』

『……』

補佐官はそう言われても、頭を押さえて一切口を開かなかった。

ハオはそれを、痛みに耐えているだけだと思っていた。

なので続けて罵声を浴びせた。

『捕らえられた工作員が口を割るかもしれないではないか！ 分かっているのか⁉ 奴らが口を割れば面倒なことになるんだぞ‼』

たとえ工作員が口を割ったとしても、知らぬ存ぜぬを貫き通せばその辺りは誤魔化《ごまか》せる。

ただ、それと面倒ごとは別だ。

その面倒ごとを回避したいハオは、補佐官に向かって叫んだのだが……。

『……』

ハオの叫びを聞いても、補佐官はなにも言わなかった。

いつまでも痛そうに蹲《うずくま》っている補佐官の様子を見たハオは苛立《いらだ》ち、さらに冷たく言い放った。

『もういい！　いいか？　明日までにミン家に行って、その工作員どもを引き取ってこい！　犯罪の証人だと言って警吏《けいり》に必ず引き渡させろ！　いいな‼　行け！』

ハオはそう言って、補佐官を執務室から追い出した。

補佐官は執務室を出る際に、小さく頭を下げたが、一切言葉は発しなかった。

そして、痛む頭を押さえながら廊下を歩く。

その表情には、先程までの怯《おび》えた様子はなく、怒りが満《み》ち溢《あふ》れていた。

◆

ミン家滞在二日目。

翌朝起きてからマジで驚いた。

夜中に襲撃があったらしい。

侵入防止の魔道具が効いて敷地内には一切入れなかったそうで、結界の前で右往左往している襲撃者をミン家の私兵たちが捕らえたらしい。

自害されたら困るので、裸にひん剝いてぐるぐる巻きに縛り、猿轡《さるぐつわ》をして留置しているそうだ。

「マジで……常軌を逸してるな……」

「ここまで来るとな……シン、悪いが前に使ったアレ、貸してくれないか？」

「アレ？」

「例の……三国会談のときに、イースの暴徒に使ったアレだ」

「ああ、アレね」

三国会談の際、シシリーを奪いに来たイースの暴徒に、自白強要の魔道具を使ったことがある。

あのときは怒りで一杯で、精神を支配する魔道具だというのに、躊躇《ちゅうちょ》なく使った記憶がある。

そのお陰でフラーの悪行《あくぎょう》が明らかになり、シシリーを守ることができたのだが、やはり精神を支配する魔法や魔道具は怖い。

なのであの魔道具は封印していたのだが、今回はさすがにそんなこと言っていられない。

俺たちだけでなく、ミン家の人たちも巻き込んだのだ。

なので俺は、オーグに自白強要の魔道具を貸し出した。

それを持ったオーグは、怖い顔をしながら襲撃者たちの留置されている場所へと向かった。

俺たちには付いてくるなと言い、護衛の人たちだけを伴って。

ちなみにナバルさんたちは、二日酔いでダウンしていた。

ナバルさん……。


しばらくして、オーグが護衛を伴って応接室に姿を現した。

そして俺たちに、尋問の結果を教えてくれた。

そのころにはシシリーの治癒魔法の効果もあり、ナバルさんたちも復活していた。

「この魔道具はさすがだな、簡単に口を割ったぞ」

「まあ……無理矢理それを強要するものだからな……」

「は？　魔王さん、そんなもん持っとったんですか？」

「緊急用ですよ。こんなケースでない限り使いません」

「そうでっか……」

本当のことをペラペラ話す魔道具だからな、ナバルさんとしては気になるところだろうな。

商売上、相手の本音が分からないのが普通なので、それが分かったらいくらでも有利に商談を進められるだろうし。

でも、この魔道具はそういうことには絶対に貸し出さない。

あくまでこういう犯罪の尋問《じんもん》に使うだけだ。

それも、拷問《ごうもん》をしてまで情報を吐き出させたい場合に限る。

それを考えると、拷問しない分これを使った方がいいのかもしれないな。

「結果を報告するぞ。アイツらの正体はクワンロンの工作員。命令の内容はミン家、及び我々使節団を皆殺しにすること。加えてミン家に所蔵されている竜の革を根こそぎ奪うことだそうだ」

その報告を聞いて、同席していたシャオリンさん、スイランさんたちミン家一同はまっ青になった。

そして、オーグの次の言葉で、その顔色を青から赤に変えた。

「首謀者《しゅぼうしゃ》は、ハオ、だそうだ」

その言葉を聞いた瞬間、昨日まで病気で臥《ふ》せっていたはずのスイランさんが、俺たちには分からない言葉で怒りをぶちまけた。

さすがにシャオリンさんも、その言葉を通訳してくれはしなかった。

よっぽど口汚く罵《ののし》ったんだろう。

言葉は分からなくても、その内容はなんとなく察しが付いた。

「それで、これからどうする？　アイツらを証人として突き出すか？」

『いえ、そうしたところでハオは絶対に認めないでしょう。それどころか、その工作員を始末しにくるかもしれません』

今までの所業を考えると、ハオならそれくらいやりそうだな。

とするとどうしよう。

ハオが俺たちやミン家を狙っているのが確定となったことを良しとして、襲撃に関しては認めないだろうから普通に強盗未遂犯として警察に突き出すか？

そう提案したのだが、それはスイランさんに却下された。

『ハオは警吏にも影響力があります。引き渡しても留置場内で殺されて終わりですよ』

本当に悪党だな、アイツ。

そしたらどうしようか？

『ひとまず自死しないように管理しましょう。そして、ここぞというタイミングでハオに突き付けてやりましょう。たとえ認めなくても、奴が不利になるような状況でね……』

そう言って笑うスイランさんは、メッチャ怖かった。

病気でやつれているから、尚更《なおさら》怖さ倍増だった。

この人は、敵に回さないようにしないと……。

この日は、襲撃してきた工作員を奪い返しにくるかもしれないと、昨日にも増して警戒をしていたのだけど、結局誰も来なかった。

それどころか、昨日までウザいくらいにミン家を取り囲んでいた気配も、すっかりなくなっていた。

「どういうことだ？」

昨日一日で、計三回もちょっかいを出してきたのに、相手の不利になるかもしれない証人がいるにもかかわらず、今日の襲撃はゼロ。

監視もゼロ。

昨日とのあまりの落差に逆に不審《ふしん》に思った。

それはオーグも同じようで、困惑した様子だった。

「さっぱり分からんな。てっきりスイラン殿の言う通り襲撃をしかけてくると踏んでいたのだが……」

結局この日だけでなく、次の日も襲撃はなかった。

お陰でその間に、魔石の取引に関する様々な取り決めを行うことができた。

もちろん、決めたのはスイランさんと、オーグ、ナバルさんたちだけどね。

スイランさんからすれば、今まで薄利多売でやってきた商品が急に高級品に化けたのだから、商談の最中は常にニコニコしていた。

機嫌がいいので体調もいいらしく、スイランさんはどんどん回復していった。

シシリーはスイランさんに付きっ切りで治癒魔法をかけ続けている。

ずっと一緒にいるので随分と仲良くなったようで、シルバーのご機嫌伺いの際にはミン家まで連れてきて、スイランさんに見せていた。

一度子供が流れてしまったスイランさんは、シルバーの可愛さにやられ、ユンハさんにもう一度子供が欲しいとねだり、ユンハさんを赤面させる場面などもあった。

こうして俺たちは、予想外に穏《おだ》やかな日々を過ごしていた。

◆

『おい！　アイツは！　補佐官はどうした⁉』

すっかり煤《すす》けたハオが補佐官を呼ぶが、姿を現さない。

先日、理不尽な怒りを受けた補佐官は、ハオの命令を無視。

仕事をサボタージュして一切の命令を遂行《すいこう》しなかった。

報告も、一切しなかった。

その結果、ハオにはなんの情報も入らなくなった。

『おのれ……この私を虚仮《こけ》にしおって……どのような報《むく》いがあるか、覚えていろ！』

ハオは、本人以外誰もいない執務室で、補佐官に対してどのような報復をするか、それだけを考えていた。

執務室の外では、それどころではない事態が発生していたのに。

それすら、ハオは知《し》る由《よし》もなかった。

◆

前回の交渉から三日目。

結局、工作員を始末しにくる動きは全くなし。

完全な肩透かしを食らった形だが、面倒がないならそれに越したことはない。

そう思うことにして、いよいよ二回目の交易交渉に挑むことになった。

今日はミン家が馬車を用意してくれたので、それに乗り悠皇殿へ出向く。

歩きだと、それなりに遠いしな。

そんな、交渉に出かける準備をしていたときだった。

血相《けっそう》を変えた使用人さんが、俺たちの集まっていた応接室に飛び込んできた。

「ど、どうしたんですか⁉」

俺がそう聞くと、使用人さんは、とんでもないことを口にした。

『りゅ、竜が！　竜が大量発生して、付近の村を襲い始めたそうです！　な、中には、魔物化した竜の姿を見たとの報告も‼』

それは、俺たちがずっと懸念《けねん》していたことだった。

あとがき

『賢者《けんじゃ》の孫《まご》』、十二巻をお手に取って頂き、誠にありがとうございます。

この十二巻から、新展開となります。

東方世界については、実は『賢者の孫』を連載し始めたころから考えていた話でして、ようやくシュトローム編が終わったので書くことができるようになりました。

思いのほか、長くなってしまいましたので……。

そして、この巻から新たな登場人物が出てきました。

そう、シルバーです。

新たにシンたちの輪に加わって、皆以上に場をかき乱してくれるシルバーを書くのは非常に楽しいです。

まあ、自分には子供がいませんから、シルバーの言動はほぼほぼ想像の産物なんですけどね。

実際に子供を持つ親御さんがこの話を読んでいたら、子供はそんな反応しないとか言われるかもしれませんが……。

この話はフィクションですので、ご容赦《ようしゃ》ください。

恋人からいきなりパパとママになったシンとシシリーのやり取りを書くのも、楽しくてしょうがないですね。

恋人同士だったころとは違う感じでイチャイチャさせるのをずっと書きたかったので。

世の物語では、恋人になったら終了とか、結婚したら終了とかの話が多い気がします。

その後の話は、アフターストーリーなんかで、ちょろっと出てくるだけだったり。

自分としては、その後の話も読んでみたいのにと、常々思っていました。

なので、ないなら自分で書いてしまえと、『賢者の孫』を書き始めたときと同じ動機で今のシンたちを書いています。

願望が強すぎですね。

一応、この巻からの新たな登場人物として、東方世界のシャオリンとリーファンという二人も出てきます。

この二人がいないと話が進まないので、非常に重要なキャラクターなのですが……。

なにせこの二人が絡むと、ストーリーにシリアス成分が生まれます。

もうちょっと二人で遊びたいとは思っているのですが……中々難しいですね。

今回、特に難しかったのは、ナバルさんの商談のシーンです。

私は、実際にこういった商談をしたことはありませんので、こちらも想像です。

なので、どういった会話が出てくるのか、それをナバルさんがどう切り返していくのか、メッチャ考えながら書いていました。

上手に書けていると思って頂けると苦労した甲斐があります。

あと、この巻を読んで頂けると分かると思いますが、私は都市伝説の類《たぐ》いとか超古代文明とかのゴシップは大好きです。

テレビでやっている都市伝説の番組とか必ず見ますし、ＣＳ放送でやっている超マニアックな番組なんかも見たりします。

まあ、信じているわけではありませんけど、もし本当だったら面白いだろうなって感じで見ています。

おいおいさすがにそれは無理があるだろうって話も沢山ありますけど、中には本当に面白い話なんかもあって、そういう話が聞けたときはなんか得した気分になります。

それでは、そろそろ謝辞を。

いつも色々とスケジュール調整をしていただいている担当さん。

今回も、事前に打ち合わせていた内容と全然違う方向のエピソードを盛り込んでしまってすみません。

そういう話を思いついたもんだからしょうがないのです。

そして、いつも素晴らしいイラストを描いてくださっている菊池先生。

ＫＡＤＯＫＡＷＡの新年会でお会いしたときにも言いましたが、最近はずっと原稿がギリギリになってしまって、本当に申し訳ないです。

次からは、もうちょっと余裕を持ってお渡しできるように頑張ります。

それから、今現在『賢者の孫』は、ありがたいことに四つの漫画が進行しています。

本編と外伝、それとスピンオフとSSです。

本編の緒方《おがた》先生は、最早何も言うことはありません。いつも素晴らしいです。

外伝の清水《しみず》先生は最近自分なりに外伝の話を消化してオリジナルな展開を描いてくださっていて、すごく面白くなっています。

スピンオフの西沢《にしざわ》先生の描くメイちゃんたちは、非常に可愛らしくて面白くて、私は大好きです。

SSの石井《いしい》先生はオリジナル要素が多く、私も非常に楽しませて頂いています。

こうして見ると、自分は本当に周りの人に恵まれているなとつくづく実感します。

これからもよろしくお願いします。

そして、この本を読んでくださった皆様、WEBから読んでくださっている皆様にも最大限の感謝を。

これからも、『賢者の孫』をどうぞよろしくお願いします。

二〇二〇年　三月　吉岡《よしおか》　剛《つよし》

野郎キャラの方ですが、
オッサンぽく
しすぎたかもしれません……。
もうちょっと若者っぽく調整しないとですね。
つかデザインしといてなんですが、
半裸なんで、
何かしら上に羽織るモノ
考えないとですな。

■ご意見、ご感想をお寄せください。……………………………………………………………………

ファンレターの宛て先
〒102-8177　東京都千代田区富士見2-13-3　ファミ通文庫編集部
吉岡 剛先生　　菊池政治先生

■QRコードまたはURLより、本書に関するアンケートにご協力ください。……………………

https://ebssl.jp/fb/20/1758

- スマートフォン・フィーチャーフォンの場合、一部対応していない機種もございます。
- 回答の際、特殊なフォーマットや文字コードなどを使用すると、読み取ることができない場合がございます。
- お答えいただいた方全員に、この書籍で使用している画像の無料待ち受けをプレゼントいたします。
- 中学生以下の方は、保護者の方の了承を得てから回答してください。
- サイトにアクセスする際や、登録・メール送信時にかかる通信費はご負担ください。

ファミ通文庫

賢《けん》者《じゃ》の孫《まご》12
合縁《あいえん》奇縁《きえん》な仲間《なかま》たち

1758

2020年3月30日　初版発行

◇◇◇

著　者　吉岡《よしおか》 剛《つよし》
発行者　三坂泰二
発　行　株式会社KADOKAWA
〒102-8177 東京都千代田区富士見2-13-3
電話 0570-060-555(ナビダイヤル)
編集企画　ファミ通文庫編集部
デザイン　coil 世古口敦志
写植・製版　株式会社スタジオ205
印　刷　凸版印刷株式会社
製　本　凸版印刷株式会社

●お問い合わせ（エンターブレイン ブランド）
https://www.kadokawa.co.jp/（「お問い合わせ」へお進みください）
※内容によっては、お答えできない場合があります。
※サポートは日本国内のみとさせていただきます。
※Japanese text only

ISBN978-4-04-736024-2 C0193

賢者の孫 Extra Story2
張子の英雄

著者／吉岡 剛
イラスト／菊池政治

既刊
賢者の孫 Extra Story 伝説の英雄達の誕生

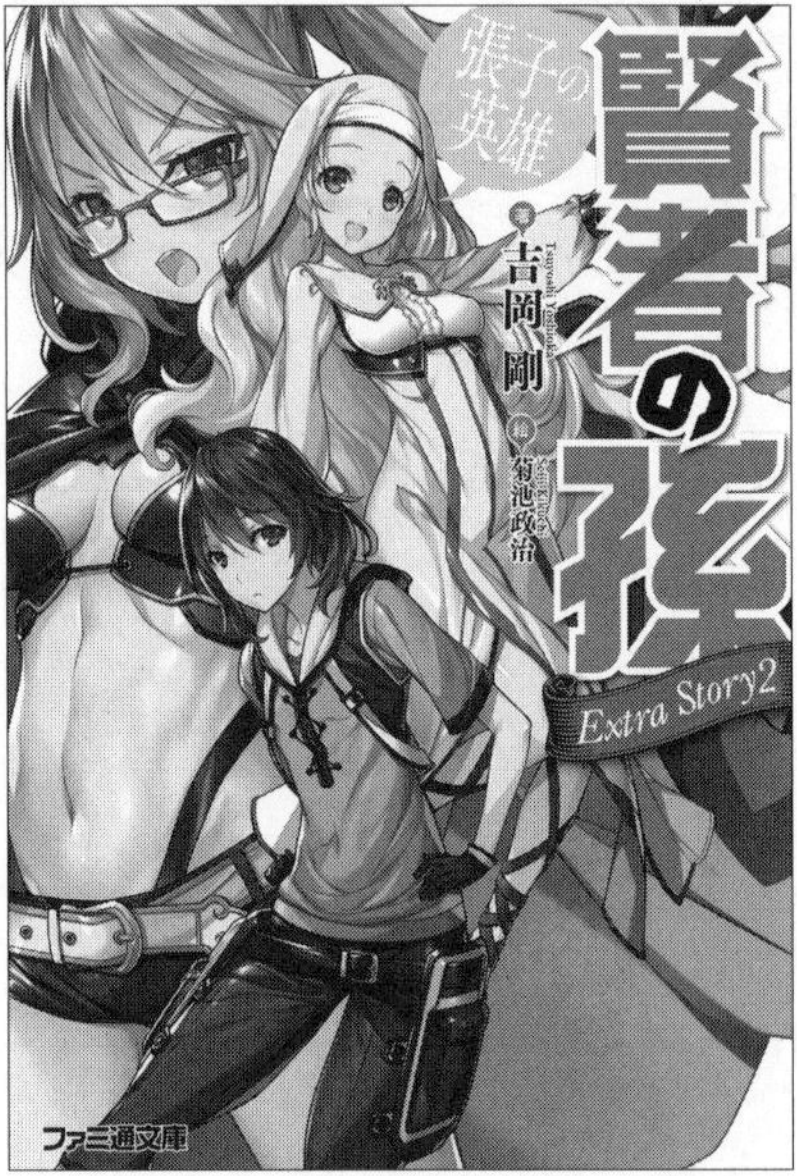

エカテリーナとスレインの恋の行方は!?

世界の危機を救った『英雄』として讃えられるマーリンとメリダ。国中が『英雄』誕生に沸く一方、二人は友人カイルを救えなかった事を後悔していた。それから数年後、二人は息子スレイン、アールスハイド王国の王子ディセウム、護衛ミッシェルも一緒に国を出るのだが……。